河出文庫

きょうのできごと、十年後

柴崎友香

きょうのできごと、十年後・目次

きょうのできごと、十年後

空の青、川の青

九月二十一日　午後二時

けいとのきょうのできごと

富士山、と聞こえた気がして目が覚めた。

慌てたので、頭を窓ガラスにぶつけてしまった。時速約二百五十キロ超で西に向かうわたしは、快適な新幹線の中でその速さをまったく感じないでいつのまにか眠っていた。

額を押さえながら外を見ると、長い裾野（すその）の稜線が過ぎていくところだった。天気は悪くないけど、上半分は雲がかかっていて見えない。せっかく「E」の席だったのに。

誰かが富士山って言ったのかと思って車内に目をやったけれど、隣では寝かせると目を閉じる人形みたいにカールしたまつ毛の二十歳ぐらいの女の子が熟睡していた。見ているこっちまで首が痛くなりそうな、へんな角度に頭を傾けている。

冷房が効きすぎなのか、少し寒い。膝の上からいつのまにか落ちていた雑誌を拾い上げた。パン屋特集のうしろ、眠る前にも見ていたページをもう一度眺める。

街で噂（うわさ）の素敵な男子、と題されたページ。後半二ページが関西編。その右ページの左下に、見覚えのある顔。

「町家を改装したカフェ＆スペインバルの店主、中沢吉裕（なかざわよしひろ）さん（32）。気さくなトークのなごみ系」

男子、という年齢でもないと思うけど、中沢の隣に紹介されている外資系金融会社の人は四十歳とあるので、まあいいのか、と思う。

「来月からは隣に一日一組限定の宿をオープンします。ゆったり流れる京都の時間を楽しんでくれる女の子に来てほしいな」

なんやそれ、と思わず口に出して言ってしまいそうになる。雑誌のコメントなんて本人が言ったことと違うことを書かれてしまうのは、自分の仕事上もわかっているけれど。

スマートフォンを確認すると、ちょうど中沢からメールが来ていた。

〈ええもん見せたるからなー。ちゃんと来いよ〉

画面に並ぶ文字は、わたしがよく知っている中沢のままで、声まで聞こえてきそうだった。雑誌見たで、と返信に書きかけて、やめた。おいしいもん食べさしてな、と送った。

東海道新幹線に乗っていると、静岡ってなんて広いんだろう、と思う。まだまだ静岡。京都も大阪も、遠い。

「川まで下りてきたら、やっぱり変われへんなー。お店とかめっちゃ違うからどうしようかと思った」

仕事の関係で映画館を回ってから、四条の髙島屋前で真紀ちゃんと待ち合わせた。河原町を少しぶらぶらして、三条大橋の袂から河原に下りてみた。鴨川に行ってみたい、と言ったのはわたしだった。そんな予定ではなかったのだけど、髙島屋の入り口で真紀ちゃんを待っている間、なんとなくそんな気分になったのだった。

さっきまでいた繁華街の人混みや賑やかさが嘘みたいに、鴨川べりは午後の日差しを浴びて穏やかで、涼しい風が吹いていた。

わたしと真紀ちゃんは、しばらく川面を眺めたあと、とりあえず北に向かって歩き出した。

「けいとは、こっちに全然帰ってこられへんもんね。わたしも京都は二年ぶりぐらいかな。相変わらずやね、この距離感」

真紀ちゃんの視線の先、河原の縁にはカップルが見事に等間隔で並んでいる。誰が決めたのか不思議になるくらいに、お互いの距離はいつも同じ。

「でも、けいとは、なんかばりばり仕事できるふうになってて。忙しそうやから、今日のこと誘うのもちょっと迷った」

真紀ちゃんは紺色のシンプルなワンピースを着ていて、前に会ったときよりも一段と落ち着いて見えた。

「えー、なに言うてるん。そんな、疲れてるように見える？　やばいかな」

「ちゃうちゃう。だって、海外出張とかもよう行ってるやん。映画祭の写真とかもアップしてたやろ。有名な監督といっしょに写ってて、すごいやん」

「いやー、働いてるほうは全然地味やし肉体労働やし、かっこええとこなんかいっこもないって」

「そうかなあ。ちょっと別世界って感じ」

　十年前に、京都で映画の撮影現場を見に行った。その映画の原作者がたまたま友だちの友だちだったから、三日間ロケの始まりから終わりまでずっと見学させてもらった。待ち時間にはスタッフさんたちとしゃべるようになり、撮影が終わってもメールのやりとりなんかをしているうちに縁ができて、三年後に東京の映画制作事務所で働くことになった。それから二回職場を変わり、今は小さな配給会社にいる。夜も遅いし週末も仕事のことが多いので、真紀ちゃんとも都合が合うことがほとんどなく、今日は二年ぶりに会った。京都は、前がいつだったのかはっきり思い出せないくらい久しぶりだった。

　そうか、中沢の店がオープンする直前に見に来たきりか。

「それより、中沢や。なんなん、雑誌載ったりして。商売の才能があるとは思わんかったなあ。ぜーんぜん連絡もしてけえへんし。フェイスブックにときどき調子のええコメント書いてくるばっかりで。今日だって、中沢が言うてきたらええのに、真紀ちゃんが……」

　真紀ちゃんは、じっとわたしの顔を見て、言った。

「けいとも、しばらく会うてないの？」

「四、ううん、五年かな？　中沢のおばちゃんからは電話かかってきたりすんねんけどな。みかん送ってくれたりして。わたしも、もう大阪に実家もなくなったからずっと帰ってなくて」

「そうやんな。わたしも、けいとがおらん大阪はさびしい」

　わたしは真紀ちゃんに抱きついた。

「わー、そんなん言うてくれるの、真紀ちゃんだけやわ。ありがとう。……お母さんのときも……、ほんまに、ありがとうね」

　母にがんが見つかって入退院を繰り返していた一年のあいだ、真紀ちゃんは何度かうちに泊まりに来てくれたし、葬儀のときも、気を張っているつもりでもどうしてもいろんなことを忘れたり間違えたりしてしまうわたしと妹をフォローして手伝ってくれた。

　今は横浜に住んでいる妹も、真紀ちゃんは毎年きっちり元旦に年賀状をくれるしほんましっかりしたええ人やわ、と言っている。真紀ちゃんは、わたしと違って大学卒業以来十年間同じ会社で働いて、春からは役職にもついているらしい。後輩にも頼りにされてるんやろうな、と想像する。

わたしに抱きつかれて立ち止まった真紀ちゃんは、わたしの手首を握り、

「けいとのお母さんが亡くなってもう八年かー。早いなあ」

と言った。

「うん」

母がそんなに早くいなくなるとは思っていなかったし、自分が東京に住んで映画の宣伝の仕事をするなんて、京都によく遊びに来ていた二十二、三歳のころは考えたこともなかったな。

わたしは真紀ちゃんから離れ、川と空のほうを振り返った。

向こう岸には、川端通りの並木と低い建物が行儀よく並んでいた。その上を、京都に着いた二時間前よりも青いところが増えた空が覆っていた。ここからあんな遠いところまで、なんにもない空間がある、と思うだけでなんとなく心の中まで青い空気で満たされていくように感じた。

「広い。なんか距離の感じが全然違う。早めに来てよかったわ」

「そうやね」

わたしたちは、また歩き出した。

進行方向、川の上流の先にも、右側の東の先にも、山なみが青い影になって連なっ

ていた。山が見えるほうが、空の広さを感じる。東京の街なかでどこにも山が見えないほうが行き止まりみたいな感じがするのは、土地の距離感がつかめないからかなーと、考えたりした。

水色の空をカラスじゃない鳥が横切って行った。

新しいカップルがやってきて、すでに座っている二組のちょうど真ん中に腰を下ろした。測ったみたいに真ん中だった。

「わたしらも二人で座る?」

「えー。とりあえず、歩こうよ」

どこかで、ソワレかフランソアか長楽館あたりでお茶でもしようかと思っていたのだけど、このまま出町柳まで歩くことにした。少し距離はあるうえに暑いけど、まだ時間もあるし、歩くために歩くことがしばらくなかったから楽しかった。

「と、言うか」

わたしは二歩前に出て、真紀ちゃんの顔を見た。

「真紀ちゃんはどうなん?　中沢と会うてるんやろ」

真紀ちゃんはわざとらしい感じで首を傾げ、視線を逸らしてから言った。

「うーん、もう一年も前やで。今日のパーティーのことも、中沢くんより先に正道くんから聞いて」

「あー、正道くん！　今日来るんやんな。十年前は、正道くんの大学院進学と引っ越し祝いでパーティーしたよなあ。会いたいわ。元気かな」

「なんか、人生に疲れてはるわ」

　真紀ちゃんが笑ったのでわたしも笑った。正道くんは中沢の大学の同級生だけど、中沢とは違って優秀で堅実で、研究の道を続けているらしい。気苦労多そうやもんな、真面目やからな、などと言い合って会話が一段落したあとで、真紀ちゃんはつぶやいた。

「中沢くんは、ようわからんわ」

　中沢と真紀ちゃんは、別れたりよりが戻ったりを繰り返していて、でもおととしのお正月に真紀ちゃんから別れたという話を聞いて以来、今度はどうも戻る気配はなさそうだった。それでも、連絡は取り合っているみたいだし、共通の友人も多いので会う機会もあるっぽい。

　わたしは中沢とは保育園の入園式からの友だちで幼なじみ、というかきょうだいか親戚みたいな関係で、真紀ちゃんとは大学の入学式からの友だちで、中沢に頼まれて真紀ちゃんを紹介したのは、わたし。中沢も真紀ちゃんもお互いを嫌いになったわけじゃないって言ってるし、よりが戻ったと聞いたときはよろこんだりもしていたけど、この二年くらいはわたしが横からあれこれ思うのも二人にとっては余計なことなのかも、という気がしてきて、しつこく聞かないようにしている。

　真紀ちゃんもあまり話したくなさそうだし、中沢のほうはたまに連絡があっても真紀ちゃんのことには一言も触れない。かといって新しい彼女がいるようでもないのだけど。

「このまま、旅行したいな」

　そうつぶやいた真紀ちゃんの視線は、ずっと先の山のほうに向けられていた。

「鞍馬(くらま)？　比叡山(ひえいざん)？」

「だって、京都って近いからかえって泊まりで来たことないもん」

「そうやな。いかにも京都な旅行してみたいな。湯豆腐とか湯けむり二人旅みたいな？」

「なんか違う……。紅葉の時期とかよさそうやねえ」

　それから架空の旅行計画を話し合い、そのあいだに、外国人のグループや坂本龍馬のコスプレをした人や修学旅行生や歌を歌うおじさんなんかとすれ違ったり追い越されたりした。

　等間隔カップルの姿がなくなりはじめたあたりで、写真を撮り合う、わたしたちよりも少し年下の男女がいた。女の子のほうは最新のデジタルミラーレス一眼、男の子のほうは銀色のフィルムカメラを持って、お互いにちょっとふざけたポーズをしたり、ジャンプしてみたり。大きな声で笑って、とっても楽しそうだった。

「わたし、ああいう感じのことがしたかっただけ、って気がする」

わたしが言うと、真紀ちゃんも二人のほうを見た。彼らは互いのカメラを河原に置いてタイマーをセットし、少し離れたところに腹ばいになってとかげみたいに並んでシャッターがおりるのを待った。

「わたしな、保育園時代からとにかく漫画とかテレビドラマとか見るのが好きやって。セリフの真似したりとか絵ぇ描いたりとか」

「保育園？　早いね」

「そのころには親は離婚してて、家族はお母さんと妹とおばあちゃんやったから、男の人っていう存在が今ひとつ実感なかったっていうのもあると思うねんけどな。漫画とかドラマみたいに、自分の好きなかっこいい男の子とうきうきどきどきするのがいちばん楽しいことなんや、って思い込んでただけかも、って今さら突然わかってしまってん」

「……いつ？」

「えー、三年前に出張でソウルに行ってて、ホテルの部屋で目が覚めたとき。明け方で、窓から街を眺めてたら、なんでかわからんけど、急に、そう思った」

「もうちょっと、具体的に、伝わるように、がんばろう」

「厳しいな。えーっと、ソウルのホテルの八〇三号室の窓から見た風景が、大阪とも東京ともめっちゃ似てて、というか看板のハングルがなかったら韓国やって気づかへんぐらいそっくりで、それを眺めてたら、この街にも自分と同じ顔の、でも別の人生を送ってる誰かがいてるんちゃうか、って思えてきてん。それって昔見た『ふたりのベロニカ』っていう映画を思い出したからやねんけどな。パリのベロニカにそっくりで、でも違う人生のベロニカがポーランドにいてるねん。それで、急に、わたしがわたし自身について知っていることって全部思い込みなんちゃうかって、たとえば全然違う性格でもいいんちゃうんかなって、考えてん。……伝わりましたか、真紀先生」

「わかるような、わからんような」

「わたしが今のわたしじゃないとあかん理由なんて、ほんまはないんちゃうかな、って。別のわたしやった可能性もあって、そしたら、わたしがどんな人間かなんてわたし自身にもわからへんよなーって。どうでしょうか？」

「伝わりました。なんとなくやけど」

　真紀ちゃんは、眉根(はね)を寄せてわたしの顔を見た。

「そんなん、もっと早よ言うてよ。めちゃめちゃ重大なことじゃない？」

「いや、たいしたことないよ。うん、たいしたことないって、わかったってことやから」

写真カップルは、とかげの姿勢から起き上がってカメラのほうに走っていき、デジタル一眼のモニターで画像を確かめ、わーとかおおーとか言って笑い合い、河原をごろごろ転がった。

その向こうからは手をつないだ老夫婦がとてもとてもゆっくり歩いてきた。

「そうかー、そうなんかー。今晩、けいとの好きそうなタイプの子が来るかもって言うてたから会うたら紹介しようと思ってたのに、けいとはもうそんなことどうでもよかったんやな」

「わー、ごめんごめん。そんな、一生一人で生きていくとか悟ったわけとちゃうから。いい人がおったら、それは、そのほうがいいと思うし」

「いい人、なあ」

それがどんな人かわからんから困ったもんや、と言いかけたが、やめた。

「なんかこの会話の感じ、あかんことない？」

「凡庸すぎるな」

わたしと真紀ちゃんは、笑って、そのあとは、お互いの「仕事で最近あった理不尽なこと」を報告し合った。北へと進むにつれて、カップルや観光っぽい人よりも近所の学生、散歩に来ているらしい人や家族連れが増えた。水が流れる音がずっと響いていて、堰があるところではごうごうとうるさいくらいで、鴨川ってこんなに水が、たくさん、速く流れていたのか、と感心した。たぶん知らなかった。

丸太町を越えて、荒神口(こうじんぐち)の橋も越えたところで、ベンチがあったので休憩した。ほんとうは中沢へのお土産にと、東京で買ってきたバウムクーヘンを食べた。おいしかった。全部食べた。中沢の店には、どうせ食べ物がたくさんあるのだ。

「ここにもあるんやな、亀」

わたしたちが座っているベンチのちょうど前に、向こう岸へと連なる飛び石があった。いくつかが亀の形をしていて、出町柳にあるのと同じだった。

「知らんかったわ、わたしも。何回も近く通ってたのに」

「ほかにもあるんかな」

「あるんちゃう」

ふと気配を感じて振り返ると、わたしたちのすぐうしろで、しゃがみ込んでずうっと地面を見ている男の子がいる。二歳か、三歳ぐらい。新幹線柄のTシャツを着て、ごく普通の今どきの子供な格好だけど、大きい目もさらさらの髪も明るい茶色で外国人っぽい顔立ちに見えた。

男の子は、しゃがんだままこっちを見ると、わたしたちに向かってにっこりと笑った。

「かわいいなあ」

「なに見てんの？　虫でもおるの？」

男の子はなにも答えず、だけど楽しそうな顔のまま、今度は指で地面をほじくり始めた。

「あれ？　なあ、おかあさんは？」

周りを見回してみるが、男の子の家族らしき人は誰もいなかった。

わたしも真紀ちゃんも男の子の近くにしゃがんだ。地面には蟻でもいるのかと思ったけど、砂と雑草しか見当たらなかった。

「ママは？　どこ？」

男の子は、ふくふくした顔でわたしたちを見上げるだけで、なにも言わない。不安そうな様子もなかったし、泣く気配もなかった。

「ママ、って、わたしらより若かったりするんよねー」

「ねー、なんで掘ってるの？　なんかいてるの？」

男の子はしばらく地面を掘り続けて、それから突然立ち上がると左右を見て確認し、

「あっち」

指差した。

小学校の低学年くらいの女の子が、少し離れたベンチのところに立っていた。

「おねえちゃんかな？」

「ねえ、この子のおねえちゃん？」

わたしたちが声を掛けると、女の子はしばらく上目遣いに、ほとんど睨むようにこっちを見ていた。それから、突如、

「うわーん」

とわざとらしい声を上げて泣き出した。

「ママぁー」

しゃくり上げながら、女の子は叫んだ。その後方から、女の人が走ってきた。きれいにカールした長い髪が揺れている。スキニーデニムがよく似合う長い脚、ゴージャスなラテン系の顔立ち。わたしの好きなモデルに少し似ている。

「サラ、どうしたの？」

サラと呼ばれた女の子は、鼻水をすすり上げながら、わたしと真紀ちゃんを指差して、はっきりと言った。

「あの人らがルイを連れていったー」

「ええっ」

「えー、ちょっと、待ってよ」

慌てるわたしと真紀ちゃんの足下で、ルイという名前らしい男の子は相変わらずにこにこと幸福そうなほほえみを浮かべていた。

母親らしいゴージャス美女は、サラに駆け寄り、抱きしめて尋ねた。

「ほんとなの？」

「うん」

「違うやん」

わたしは思わずツッコミを入れてしまった。

「あんたたち、誰？」

「こっちが聞きたいです。わたしたちは、この子が一人でいるから心配で話しかけただけです」

真紀ちゃんが毅然と言い返す。こういうとき、実は真紀ちゃんのほうが頼りになる。

「ジュリアー。おい、だいじょうぶか」

派手な女の向こうから、さらに男が走ってきた。Tシャツに膝が破れたデニム、頭にはタオルを巻いた、健康的な印象。左腕に、赤ちゃんを抱えていた。軽々と、猫みたいに。

「どないしてん」

男は、いかにも父親らしいふるまいで、ラテン系美女の前に立った。

「この人たちが、うちの子を」

「ああ？」

「だから違いますって」

「なんでわたしらが。見たらわかるでしょ」

「どういうことやねん」

男は、こっちを睨みつけたが、一瞬ののち、なにかを確認するようにその目を細めた。

「あれ？」

男は、近寄ってきた。

「あー、あのー、なんや、あれや」

それから、赤ちゃんを抱えていないほうの手でわたしと真紀ちゃんを順に指差した。

「ほら、正道の家で。そうか、中沢の店のパーティー行くんやな」

わたしと真紀ちゃんは顔を見合わせた。

「そうやけど」

「誰ですか？」

「覚えてへんのかよ。おれの髪、ぐちゃぐちゃにしたやろ。よく見ろよ」

言われた通り、わたしはその人の顔をじっと見た。確かに、見たことがある、と思った。どこかで知ってる顔。髪？

「ああー、ほんまやっ」

すぐ横で真紀ちゃんの大声が聞こえ、その瞬間、わたしの記憶もつながった。十年前の正道くん家のパーティーで、酔っ払った真紀ちゃんが散髪してとんでもない髪型にしてしまった人。

「うわー、元気？　えー、子供三人？」

「前と感じが違うからわからへんかった。こんなとこで会うとはびっくり」

と言いつつ、真紀ちゃんも彼の名前を思い出せないことに気づいていた。もちろん、わたしも。だって、前はいかにも不健康そうで、こんなさわやかな太陽と空の下に出てきそうな人じゃなかった気がする。

「奥さん美人やーん」

わたしが言うと、彼は、

「そうやろ。ふっふっふ」

と、不敵な笑みを浮かべた。

そのあと、わたしたちとラテン系美女・ジュリアは和解し、サラは拗ねてベンチに座り込んでいた。西山くん（思い出した）と真紀ちゃんは近況を報告し合っていて、わたしはなんとなく自分に懐いているようであるルイくんの虫探しにしばらくつき合い、ルイくんが飽きてママのところへ戻ると、水際まで下りてみた。

四角形と亀形の飛び石の間を、水は勢いよく流れていた。石に当たると分かれて形を変え、再び合流してまた平面に戻る。流れ続けていて今見た水は数秒後にはもうだいぶん遠くに離れ、どんどん離れ、遠くなっていくだけなのに、目の前で石に当たってできる波は同じ形をいつまでも繰り返して、永遠にそこにあるように見える。

わたしは、スニーカーの足を踏み出して、一つ目の飛び石に乗ってみた。鴨川には何度も来たことがあるけれど、飛び石に乗ってみたのは初めてだった。水は浅そうだし、向こう岸まで簡単に行って帰ってこれそうだった。向こう側には小学生男子の一団がいて、飛び石の上から川を覗き込んでいた。

一つ、二つ、とわたしは石を渡り、三つ目で亀の甲羅に立った。丸く盛り上がった甲羅は、思ったより不安定だった。いい年をして向こう岸まで渡っていくのも恥ずかしいし、と思って、引き返すことにした。河原のほうを見ると、わたしが石の上にいることにやっと気づいた真紀ちゃんが、こっちに手を振った。わたしも振り返した。

「あっ、けいと、うしろ」

真紀ちゃんが、叫んだ。振り向くと、向こう岸から渡ってきた小学生が、すぐ横の四角形の石の上をぴょんと飛んでいく瞬間で、わたしは驚いて、バランスを崩した。

「えっ」

わたしの足は亀の甲羅を滑り落ちた。そして、わたしの体も、川に落ちた。流れる水は冷たかった。

あるパーティーの始まりと終わり

九月二十一日　午後五時

真紀のきょうのできごと

「あれ」

「la Sopa」と看板が掲げられた店に入ると、中沢くんはカウンターの中にいた。一年以上ぶりに会う中沢くんは、普通に中沢くんだった。一年以上ぶりに会うのに、わたしから目を逸らした。一年以上ぶりに会うのに、中沢くんは、わたしじゃなくてわたしの隣にいるけいとに声をかけた。

「けいと、最近、そういうのなんや」

「そうやねん、って、ちゃうちゃう。今日だけ」

けいとは、二時間前に鴨川を歩いていたときは雰囲気が変わったというか大人になったというかさびしげに見えたけれど、中沢くんに会うと何年か前までのけいとにあっさり戻った。中沢くんは、わたしを見ないまま、けいとに軽口を叩き続けた。

「うちの五周年やからってそんなに張り切ってすごい格好してきてくれたんか」

「ち、が、い、ま、す。たまには、こういうアッパーなんもいいかなって思ったの！」

楽しそう。中沢くんとけいとは。

けいとはさっさとカウンターの前を通り、細長い店の真ん中のいちばん広いテーブル席に座った。お店の中は、まだ人はまばらだった。スタッフなのか今日だけの手伝いなのか、若い男の子と女の子が三人ほど、カウンターにグラスを並べたりテーブルに花をかざったりしている。奥のテーブル席に常連ぽいお客さんがちらほらいて、すでにワインかなんか飲んでいる。

中沢くんとわたしとは十年もつき合ったのに、男女の情なんか儚いものなのね、とちょっと自嘲気味に思ってみる。でも、中沢くんとけいとは三歳からの幼なじみだから、三十年。十年の三倍。わたしより気にかかって当然か。

「似合ってるで。いけるんちゃう、その路線」

と言いながら、中沢くんはカウンターから出てきた。雑誌に載っていた写真と同じ、黒のエプロン。昔からずっとこの格好だったみたいに馴染んでいる。中沢くんは、けいとのついでで、という感じで、わたしを見た。

「久しぶり。元気？」

わざとらしいって、と言いそうになる。

「それなりに、元気」

「お花送ってくれてありがとう」

「うん。五周年おめでとう」

わたしは、けいとの隣に座った。アンティークらしい赤いビロードのソファは真ん中が沈みすぎて座り心地が悪かった。けいとも座り直しながら言った。

「お茶もらっていい？　麦茶かなんか」

「麦茶って、家とちゃうぞ」

中沢くんは、笑いながらキッチンに入っていった。

「へー、ちゃんとお店って感じになってるんや」

けいとは、前にここに来たのはまだ開店前だったから、ものめずらしそうにあちこち見回していた。

準備に動き回っている子たちのほうも、ちらちらとわたしたちを見る。誰なんやろ、という顔で。わたしは、すぐそばのけいとの、服の袖をぴらっと持ち上げた。

「似合ってる」

「そう？」

けいとは、今、赤と青と緑と黄色の模様のシフォンブラウスを着ている。その下は白黒柄のショートパンツにゴールドのウェッジサンダル。髪も巻いて、かなりゴージャスな仕上がりとなっている。

「ブラジル行ったらモテるんちゃう？」

「えー、わたし暑いの苦手やもん」

二時間前、けいとが鴨川に落ちたので、西山くんの家で着替えさせてもらおうということになり、西山一家といっしょに車に乗った。いかにも若い家族らしい、チャイルドシートが二つ設置されたワゴン車に乗っている間、けいとは隣に座った西山くんの妻・ジュリアとしゃべっていて（わたしは助手席で西山くんと話していた）、家に到着したときにはジュリアの服を借りることになっていた。ジュリアは日系ブラジル人で、西山くんが農業研修で静岡に行ったときに知り合ったらしい。

「ベニコンゴウインコ、や」

テーブルにお茶の入ったグラスを並べながら、中沢くんが言った。

「え？」

「ベニコンゴウインコ。派手な色の鳥。その服なんかに似てると思って、検索してみた」

中沢くんは、真っ赤な羽根のインコの画像を表示したスマートフォンを、テーブルの上に置いた。

「ああ！　これかー」

「なんか見たことあるなー、ってわたしも思ってた」

「顔がコワいやん」

けいとは少し不満そうで、そして喉が渇いていたのかグラスのお茶をがぶがぶ飲んだ。黄緑色が鮮やかな緑茶だった。発光しているみたいな色だった。

一年以上ぶりに会ったのに、中沢くんは、わたしの横に立ったままだった。なにか言えばいいのに、と自分が苛立（いらだ）っていることにさらに苛立つ悪循環、みたいな、つまり楽しい状態ではない。黙っているのも気づまりなので、とりあえずお礼を言ってみた。

「お茶、ありがとう」

「最近、どうしてんの？」

「うーん、相変わらずかなあ」

「仕事、忙しい？」

「そうやね、後輩が一人辞めたから」

「そうなんや」

隣で、けいとが気にしているのがわかる。けいとは、中沢くんとわたしを引き合わせたのが自分だからってずっと責任みたいなものを感じてるらしい。そんなこともうどっちでもいいのに。中沢くんのこと自体がどうこうというよりも、こうやって人に気を遣われてしまうのが苦手。

「中沢さーん、これ、どっちにしますかー？」

二階席の柵から、中沢くんと揃いの黒いエプロンの男の子が身を乗り出して聞いた。

「おー、右につけといてくれる？」

古い木造家屋を改装したこの店は、天井を半分抜いて、むき出しの梁(はり)を生かした内装になっている。床を残した側は、半個室の二階席。窓からちらっとだけど鴨川も眺められて、京都に来る芸能人がちょこちょこやってきたりしてお気に入りだとか紹介し、そんなこんなで店は人気が出て、雑誌の京都特集には必ずといっていいほど載っているし、このあいだはテレビの取材も来たらしい。

スタッフの男の子がプロジェクターの設置をしているのをなんとなく見上げていると、階段の上に女の子が現れた。

すらりと手足の長い、ぱっと人目をひくタイプの子だった。自分がみんなに見られているのをよくわかっているふるまいで、ゆっくりと階段を降りてきた。

「わー、かわいい子。モデルみたい」

けいとが彼女を見上げてつぶやいた。

わたしは、その子が誰なのか、すぐに気づいた。

さっき、鴨川の川原で西山くんが言った。

「そうやね」

——真紀ちゃんて中沢とはとっくに別れたんやろ。

——うん。

——別れて正解やで。あいつ、店が儲かりはじめてからなーんかちゃらちゃらして、最近はえらい若い女の子に入れ込んでるらしい。確かに超美人でバンドやってて読者モデルで、工学部三年さらにニューヨーク育ちやっていうんで、ちょっとした有名人。

——へー。

と、わたしは適当に相槌を打ちつつ、西山くんはラテン系美女と結婚しても男女の機微がまったくわからないところは変わってないのやなー、と妙なところに感心して聞いていた。

——今日のパーティーもその子のライブする言うて、にやけた顔で言いに来たわ。あほやなー。

——へー、そうなんや。

——おれみたいにしっかり家庭持って人生の礎を築いていかなあかん年やのになあ。

——ほんまやね。

——真紀ちゃんは？

——営業企画部長になるかも。

——部長！

子会社で部下二人やけどね。いちおう大抜擢。

勤続十年になる百貨店が福岡に新しく出店するショッピングモールの営業企画部への異動を打診されたのは先週のことで、わたしはまだ返事をしていない。

階段を降りてきたニューヨーク帰りの工学部読モは、床を這う何本もの電源コードやケーブルを軽やかに飛び越え、中沢くんのほうを振り返った。

「ビデオカメラ、このへんに置いていてい？」

「あ、うん、どこでもええよ。こっちで調整するから」

中沢くんは慌てたふうにコードを除ける。それで空いたスペースに、彼女は当然という顔で立ち、手の指を店のいちばん奥に設置されたステージに向けてなにか測っていた。

「彼女、キカちゃん。今晩、演奏してくれるねん。えーっと、けいとと、真紀ちゃん」

真紀〝ちゃん〟。

中沢くんは、目を逸らしながらもわたしの表情を確認している。かつ、「キカちゃん」に向ける顔はにやけてしまうので、混ざってどっちつかずのへんな顔になっている。

ばかみたい、とわたしは思う。

キカは、

「どうも」

と、わたしとけいとを見定めるような視線を向けながら言った。若さゆえの不作法というやつね。

キカは、髪を払うように首を振った。

「じゃ、わたし、一回家に戻ってくるね。八時入りでええの?」

「うん、よろしくー」

中沢くんはわざわざ表まで見送りにいく。

けいとは明らかに不機嫌になっていた。

「なんやあのでれでれぶりは。中沢もフッーにおっさんになるんやなー」

「……ちょっと痩せたかも」

そう言ってから、前に会ってから一年以上経っているので、そのあいだに太ったり痩せたりしたかもしれないし、今が痩せたのか、もっと痩せてて太っていってる途中なのかわからない。それに、前の中沢くんがどれくらいの体型だったか、わたしはもうはっきりと思い出せない。

忘れてる。忘れてた。

戻ってきた中沢くんの脚を、けいとは軽く蹴った。

「中沢ぁ、荷物置かせてよ。重いから、運んで」

服装が変わったせいか、けいとはちょっと態度も強気というか「ねえさん」ふうになっている気がする。わたしもジュリアの服に着替えてきたらよかったかな。こんな地味なワンピースより、案外似合ったかもしれないし。

この濃紺のワンピースはうちの百貨店が今年から扱っているフランスのブランドの

で、ラインがとてもきれいで、素材はシルクで織り模様が入っていてやわらかくて、一目惚れだったし、バイヤーの江口さんも似合うって絶賛してくれた。わたしも気に入っている。でも、さっきお店に入ってから、こういう気分じゃなかったって気がついた。ワンピースは悪くない。中沢くんが悪い。

「特別貴賓室に案内したるわ」

それなのに中沢くんはうれしそうに、けいとの鞄を持って外へ出た。

ソパの隣の、いかにも京都の古い家という格子戸(こうしど)の玄関を入ると、一階は板張りに改装されていて、ミッドセンチュリーモダン系のソファと椅子が置かれていた。このあいだ作ったカタログでこういうスタイリングをやったなー、とつい仕事目線で見てしまう。中沢くんってこういう趣味やったっけ。

二階は二間続きの和室で、畳も障子(しょうじ)も真新しいものに入れ替えられていた。ちゃぶ台のほかはなにもない、とても簡素な部屋だった。

けいとは早速、部屋を一周して障子や窓を開けたり閉めたりした。

「ええなあ、ここ、泊まれるんやろ」

「一日一組限定でプレミア感だそうと思って。基本素泊(すど)まりで、食事はバルに来てもらっても外に行ってても自由、あんまり手間かからんとええ商売になりそやろ。今晩泊まってええよ、二人とも。いちばん乗り」

「ほんまに？　でも、今日は飲むからここでゆっくりくつろぐヒマはないと予想」

路地に面した窓のところから、けいとが振り返ってにやっと笑った。

「たぶんね」

わたしも思わず笑ってしまう。

「おまえらはなんぼでも飲むからなあ」

中沢くんは呆れたように言い、その言い方はふつうに中沢くんで、けいとがいてよかった、とわたしは思った。

「あとで、もっとすごいもん見せたるからな」

「なに？」

「期待して待っとけよ」

中沢くんはもったいぶって、ソパに戻っていった。

けいとは和室に置いてあるちゃぶ台を端に寄せ、畳の真ん中にごろんと仰向けになった。

「こういう家に引っ越そうかなあ」

「けいと、今どんなとこに住んでるの？」

「杉並区、駅から徒歩八分、なんの愛想もないフツーの１Ｋ。隣の家の庭が見えるのだけがいいとこかな」

わたしも、けいとの隣に転がってみた。板張りの天井に小さな花の絵が描いてあるのに気づいた。

「東京、楽しい？」

「まあ、仕事と家の往復で近所散歩する時間もないし、あんまり変わらへんで。今どきどこいっても、食べ物屋もおんなじチェーン店やもんな。スタバ、ドトール、マクド、居酒屋……、違う駅で降りても気づかへんわ」

「そんなもんか」

わたしも、出かけるのは仕事関係ばっかりやな、と最近行ったお店やカフェを思い浮かべた。新卒で入社したのは老舗（しにせ）の百貨店で、売り場も経験したけれどこの七年ほどは法人外商事業部という部署にいる。企業に商品やサービスの企画を提案するところ。洋服や買い物が好きだったから百貨店にという単純な動機で就職先を決めたのだけれど、お店に来る一般のお客さんに商品を売る以外にも、こんなに幅広く仕事があったのかと驚いたしやりがいも感じた。ここ一年ほど関わっている伝統的な染め物の会社とのコラボレーション商品がこの夏によく売れて、社長表彰とはいかなかったけど、部署ではお祝いの飲み会をしてもらった。忙しいし、それなりにいやなこともしんどいこともあるけど、いい職場なんだと思う。たぶん。

畳の上に転がったまま、けいとはわたしのほうをぱっと見た。

「遊びに来てよ。真紀ちゃんが来てくれたら、わたしも出かける気が起きるし。スカイツリーとか、行ってみたい」

「並ぶん嫌いなくせに」

「えっ、まだ並んでるの？」

「東京に住んでる人に東京のこと聞かれても」

「あ、そうか」

けいとは笑った。そしてしばらくしてから、

「新しい畳、いいにおいするねえ」

と、つぶやいた。息を吸い込んでみると、い草の香りが体の中に広がっていった。外はまだ暑いけれど、日陰になっている窓の外から流れてくる風は心地よくて、こういう家に住んだらきっと心も穏やかになると思って、そんなふうに感じるわたしは心穏やかではないのかな、とも思いながら天井を眺めていた。

気がつくとけいとの寝息が聞こえてきて、長距離を移動して鴨川べりも歩いたから疲れているだろうし少し寝かせておいてあげようと転がっていたらわたしも寝てしまって、起きたら七時を過ぎていた。

ソパでは、もうパーティーが始まっていた。元々そんなに広くない店に三十人以上は集まっていて、みんな飲んで食べてしゃべっていた。奥のステージ部分では、どうやらＤＪがいて曲をかけているらしい。知らない人。あの人も中沢くんの友だちなんやろうか。

けいとはカウンターから赤ワインのグラスを取った。

「誰かおるかと思ったけど、知らん人ばっかりやなー」

中沢くんはステージの近くにいるみたいだけど、よく見えなかった。わたしは白ワインを選んだ。

「忙しい年頃やから」

「わたしらがヒマみたいやん」

「学生のときの友だちもたまにしか会えへんもんね」

「とりあえず食べようよ」

カウンターとその向かいのテーブルには、大皿に盛られた料理が並んでいた。わたしたちはとりあえず、端（はし）っこのオリーブやチーズをつまんでみた。

「おいしい」

それから本格的に、取り皿にあれこれ載せた。大皿の前のプレートにはちゃんと料理の名前が書いてあった。キャロットラペ、アンチョビポテト、ほうれん草とキノコのキッシュ、トマトとクスクスのサラダ、砂肝のコンフィ、マッシュルームのアンチヨビガーリックオイルがけ。

「中沢が料理できるとは思わんかったなあ」

「けいとでもそう思う?」

当初はカフェだったこのお店が、三年前に夜はスペインバルという今の形式になってからは料理は専門の人を雇っているらしいけれど、簡単なものなら中沢くんも作る。カフェを始めたころは、わたしも味見したりいっしょにメニューを考えたこともあった。お店の名前だって、辞書を引いて二人で決めた。

「うん。でも、子供のころから工作とか実験とか好きやったから、材料が食べ物になっただけか」

「あー、なるほど」

「料理、特にお菓子作りって理系の人が向いてると思うねんな。わたし、がさつで適当やから、ようせえへんもん」

「大学のとき、けいとがケーキ作るからって待ってたら、べったりした得体の知れへん塊ができてきて」

「あった、あった。料理は得意な人が作って、わたしはそれをおいしく食べさしてもらうのがええわ」

「こっちもおいしそうやで」

わたしは、新しく運ばれてきたチーズクリームのかかった肉団子を、もうすでに料理が山盛りのお皿の隅に無理に載せた。

「ワイン、ボトルでもらってこよう」

そして、わたしたちはずらっと並ぶ料理の横、入り口近くの小テーブルに陣取り、新しいメニューが出てくる度に真っ先に皿に盛ってきて、これっておばちゃんの行動じゃないかと言い合いつつも、けいとが「中沢がおっさんやから悪い」と言って、とにかくおいしいから食べた。

お客さんというのかパーティーの参加者というのか、お店にいる人は初めて見る人ばかりだった。なんとなくみんな華やかで、何でもおもしろがって笑っているみたいに見えた。行ったり来たりする人たちの向こうから、ときどきＤＪ役の人がお祝いメッセージを読み上げたり、中沢くんがお礼を言ったり、別の誰かがスピーチしたりするのが聞こえてきた。音楽は外国のちょっと懐かしい感じのする曲がかかっていて、そんなに趣味は悪くなかった。

わたしとけいとは、新しく入って来たお客さんの服や靴を品評したり、食べている料理の材料を考えたりしながら、どんどんワインを飲んで、一時間もしないうちにボトルは空になった。

ドアが開いて、入って来たのは西山くんだった。

「あー、さっきはありがとう」

けいとが立ち上がってお礼を言ったら、西山くんはちょっとたじろいで戸惑った顔つきになった。

「……やっぱり、気色悪いわ。その格好」

「ジュリアさんみたい？」

けいとは、袖をぴらっと持ち上げてポーズをとった。西山くんは、頭を振る。

「いや、なんつーか……。ええけど」

「ほんでジュリアさんは？」

「あいつ、パーティーとか苦手やねん。少人数でしっとりのほうが好きなんや。子供もおるしな」

「サンバカーニバルのクイーンになれそうやのに」

「それは偏見や」

「あとでお礼を……、あれ？」

西山くんのうしろに、見たことがある人が立っている。十年前の正道くん家の引っ越しパーティーにいた顔のきれいな後輩、かわちくんだった。

「めちゃめちゃひさしぶり！　男前は変わらんなあ」

けいとがすぐに大きな声を上げた。お酒が入るとけいとは以前のはしゃいでたけいとの声になっていて、わたしは少しうれしくなった。

「えっと、ああ、どうも、こんばんは。わあー、お久しぶりですねえ」

かわちくんは相変わらずかわいらしい顔をしていたけれど、グレーのスーツを着てネクタイも締めていて、すっかり会社員になっていた。お祝いのお花のアレンジメントをちゃんと携えているところも、気を遣える社会人という感じ。西山くんは手ぶらで、人多いなーとか店が狭いとか早速ぼやいていた。十年前の引っ越し飲み会にいた人が、同じ京都で今日は揃うのかもしれない。かわちくんと西山くんと、けいととわたしと、中沢くんと、それから正道くんが来れば。あ、あと名前忘れたけどもう一人いた。西山くんに似てたけどあんまり特徴のない人。顔のほうも思い出せない。

かわちくんは自分たちのグラスと、新しい赤ワインのボトルも持ってきてくれた。

「土曜日やのに、仕事帰り？」

「そうなんですよー、納入先でトラブって。毎週そんな感じなんですけどね」

小さいテーブルを四人で囲むとお皿を置くところがないくらいで、わたしはワイングラスをずっと手に持ったままになり、持ったままでいるとどんどん飲んでしまう。

すでに軽く酔っていて、全体にぼうっとするこの感覚はひさしぶりだった。体が軽いのか重いのか、自分の表面が鈍っていくのは、心地よかった。

西山くんは落ち着きなく、通る人の顔をじろじろ見ながら、かわちくんの背中を叩いた。

「こいつ、元カノに子供がおるって知って、へこんでんねんて。なぐさめたって」

「そんなこと、今言わなんでもいいやないですか」

「別れたん七年も前やのに、いつまでもうじうじしやがって」

「そんな、してませんよ」

「みんないろいろあるんやね」

けいとはかわちくんのグラスにワインを注いだ。ありがとうございます、と言うかわちくんの笑顔は、確かにどこかぎこちなく見える。仕事で疲れているのか、とっくに別れた彼女のことでほんとうに落ち込んでいるのか、わたしにはわからない。

「正道くんは？」

「あいつ、実験の監督に当たってるとかなんとかって。終わらんからな、実験ていうやつは。終わらんからこそ実験なんやろな。おれはもう二度とあんな研究室には戻りたくない。実験なんかせえへん、数字なんか記録せえへん」

「西山さん、落ち着いて」

「ああ、正道な。どっかで、抜けてくるって言うてたけど」

「そう」

「真面目な人は苦労するよね」

けいとは頷（うなず）きつつも、西山くんに取られそうになったキッシュを奪い返して食べた。

「おれが知ってる限り、あいつがいちばんええやつや」

「ぼくも、そう思います」

正道くんはこんなふうにいろんなところでいい人とか真面目だとか言われているんやろうな。今日わたしがここに来たのも、正道くんが、メールしたついでという感じで、行くとも行かないとも返事をしやすいように心配りをした（しかもそうとは思わせないような）文面で、誘ってくれたからだった。わたしを呼ぶかどうか中沢くんが正道くんに相談したんやろうな。と、わたしは想像していた。

「中沢のやつ、こじゃれた料理ばっかり並べやがって。こんなんで腹ふくれへんわ。ラーメン屋でも寄ってきたらよかったな」

「懐かしいですね、ラーメン屋。よく夜中に行きましたよね」

「お、あとで行くか？　天天有か？　第一旭か？　最近できたとこでうまいとこも知ってるで」

「いいですね」

「かわちのおごりな。うちは子供三人食べさせなあかんから大変なんや」

「西山さん、幸せそうですね……」

かわちくんは西山くんの顔をじっと見て、そしてその目には涙がうっすら浮かんだ。

「なんや、辛気くさいやないか」

「すみません……」

飲むと泣くタイプだったっけ。わたしは、まあまあ、とか言いながら、かわちくんのグラスにワインを注いだ。みんな、飲んで楽しくなったらいい。

けいとは、かわちくんの肩を叩いた。

「男前は笑顔がいちばんやでっ。しっかりせな」

「あ、ははは」

かわちくんの顔を眺めて、わたしはワインに浸かりはじめた脳みそでぼんやりと考えていた。そんなに長い間、誰かのことを好きでいられるものなんやろうか。それとも、一度好きになった人が、一時はいっしょにいた人が、別の誰かと幸せに暮らしているることが受け入れられないだけなんやろか。


「ちょっと、風にあたってくるわ」

わたしは席を立って、外へ出た。表のガラス窓の端にもたれて、ようやく涼しくなりはじめた風に吹かれた。空は薄曇りなのか、星は見えなかった。星なんて、ここからは元々そんなには見えないのだけれど、なんとなく見えたらよかったかもしれないと思った。

路地にも、音楽やざわめきが聞こえていた。通りかかった人も、なにをやっているのかと店のほうを覗いていく。パーティーから出てきて二軒目に行こうと言い合うカップルがわたしの前を通り、別の女の子たちのグループが入れ替わるように入っていった。

みんな知らない人。わたしは知らなくて、中沢くんは知ってる人。わたしが知らない中沢くんを、知ってる人。

こんなに遠くなってたんやな。今のわたしの毎日の中に、中沢くんはいない。思い出さない時間も長くなった。

「久保田さん？」

聞き覚えのある声がして、振り返った。

水色のシャツを着た男の人が立っていた。

「やっぱり、久保田さん。どうしたんですか、こんなところで」

「一ノ瀬さんこそ……」

三年前に電機メーカーの百周年記念事業のプロジェクトで知り合った広告代理店の一ノ瀬さんには、染め物の企画にも関わってもらっている。いっしょに食事に行ったときも会社の帰りでスーツだったので、カジュアルなシャツに革のボディバッグを引っかけていると、いつもより若く見えた。

「いやー、京都で会えるなんてうれしいな。このお店、よく来るんですか?」

「……知り合いが、やってるので」

中途半端な言い方。ごまかしたって思われそう。

「へえー、そうなんだ。いいお店だよねえ。わたしも京都に来たら必ず寄るんですよ。中沢さんに、今度、ウチでやるクラフトビールの企画お願いしてて」

「そうなんですか?」

「こんばんはー!」

店の中からこっちを見ていたらしいけいとが、外に出てきた。妙に元気のいい、というよりは、酔っ払いと一目でわかるけいとに、一ノ瀬さんは穏やかにほほえんだ。

「こんばんは」

「大学が同じだったけいとです。中沢くんは、けいとの幼なじみで」

「素敵なブラウスですね。一ノ瀬と言います。久保田さんには仕事でお世話になりっぱなしで。彼女、センスもいいし仕事も早いから、つい無理お願いしちゃって」

「いえ、こちらこそ」

「あ、そうだ」

一ノ瀬さんはバッグからさっと名刺を出した。手渡された名刺の文字を見つめていたけいとが声を上げた。

「あー！　本社がわたしの勤め先のすぐ近くです！　うちは映画の配給会社なんですけど」

「じゃあ、東京に住んでらっしゃるんですか？」

「そうなんです。真紀ちゃんに会うのもめっちゃひさしぶりで……」

「一ノ瀬さーん」

ドアが開いて、白いポロシャツの若い男の人が、一ノ瀬さんを手招きした。見覚えのある顔で、きっと一ノ瀬さんと同じ会社の人なんやろうと思ったので、愛想笑いと会釈を返した。

「ちょっと失礼。またのちほど」

一ノ瀬さんが、店に戻っていったのを見届けると、けいとは肘(ひじ)でわたしをつつくという、コントみたいな仕草をした。

「なんかあるんやろ」

それはもうにやついて、わたしの顔を覗き込んだ。

「目が、違うもん。真紀ちゃんを見る目が、なんていうかやさしーい感じ」

「あー」

一ノ瀬さんはやさしい人だと思っていたけれど、やさしくしてくれていたのか、と今さらながらに思う。

「結婚を前提におつき合いを、って」

「えーっ、まじで！　そんな直球？　なーんや、そんなんもう中沢なんかどうでもええんやん。そっちこそ早よ言うてよ」

「あのさ、ものすごーくはしょって説明するけど、今わたし、福岡の新規事業への転属を打診されてて、そして一ノ瀬さんは近いうち東京の本社に戻ることになってるから、結婚ってことはたぶん仕事辞めなあかんってことやねんな。それから、一ノ瀬さんは、六年前に奥さん亡くしてはって、中学生の男の子がいるねん。一ノ瀬さんは、ええ人やし、仕事ではほんまようできる人でみんなに信頼されてて、そんな人がわたしなんか、ってありがたすぎるぐらいやねんけど、ちょっと、かなり、やっぱり、思い切らないと、決められへん」

思い切らないと。

決めるって、わたしはなにを決めたらいいのかな。

お店の中に戻った。さっきはなかったデザートが並んでいた。テーブルにはもう別の女の子たちが座っていたので、わたしとけいとはカウンターの端で、今度はモヒートをもらって飲みはじめた。

「はー」

けいとが、わざとらしいため息をつく。

「わたしがとっちらかった事務所で夜中までひたすらメール送ってＤＶＤダビングして試写状発送して栄養ドリンク飲んでコンビニ弁当ばっかり食べてるあいだに、真紀ちゃんにはそんなめくるめく展開があったんやなあ」

モヒートは冷たく、子供のころに飲んだサイダーみたいな味がした。

「他人(ひと)事や」

「うん。人の恋愛はおもしろがったらええだけやもーん。仕事でも恋でも選択を迫られてるというわけね。そんなドラマみたいなシチュエーション、なかなかないで」

ふとカウンターの中を見ると、クラフトビールのポスターが貼ってあった。一ノ瀬さんが言っていた企画ってあれのことなんやろうな。おいしいのかな、あのビール。

けいとは、わたしの腕をつかみ、顔を寄せて聞いた。

「で、今の真紀ちゃんの気持ちとしては、どのくらいの割合？　現状維持か、仕事で福岡に行くか、一ノ瀬さんと結婚への道を進むか」

「全然、わからへん」

「ゼロじゃないんや。あの人といっしょに東京行くっていう選択肢もありなんや」

「……ないことは、ない」

そう答えると、けいとは、モヒートのグラスを持ったままわたしに抱きついた。

「東京おいでよー。そしたら真紀ちゃんと遊べるもん」

グラスの水滴とこぼれたソーダがわたしの腕に当たって、でも酔っているから冷たさだけを感じた。

「もうー、そんなことばっかり……」

「いいやん。あかんかったら離婚したらいいんやし。三十代のうちやったらやり直しきくって!」

わたしはけいとの腕を外した。

「わたしより自分のこと考えようよ。かわちくん、相変わらず男前やし、ちゃんと社会人て感じになってるし、そのわりにさびしい生活おくってはるみたいやん」

「だからー、自分でもほんまに不思議やねんけど、そういう気持ちが湧いてけえへんねんなー。ぎゃーぎゃー言い過ぎて、使い果たしてもうたんかも。一生分のときめきとかどきどきとか」

けいとはモヒートを飲み干して、カウンターの中の男の子にもう一杯もらった。

「なんていうか、前みたいに、わーって体が浮きあがるような感じ、ないねんなあ」

「……うん。それは、わかる」

わたしもそうだから、決められない。

一ノ瀬さんにも、それから中沢くんにも、一分でも一秒でも早く会いたいとか、電話で少しだけでもいいから声を聞きたいとか、顔を見ているだけで浮かれてしまうとか、わたしはそういう気持ちが自分の中に生まれてくるのを期待しているのだけれど、一向（いっこう）に訪れてくれない。期待しすぎているせいなのか、それとももしかしたら、けいとが言うみたいに、何年か前まではそれがいちばん重大なことだと思い込んでいただけで、もうそういう感情になることはなくて、今の鈍いくらいの気持ちがこれから続いていくのかもしれない。そしてそれは、さびしいことじゃないのかもしれない。

今は仕事のほうが、よほど一喜一憂する。商品を手に取ってくれるのはどんな人やろうか、いっしょに企画をした人からどんな反応が返ってくるやろう、売り上げはどれくらいやろう。その反応が気になる人の中に一ノ瀬さんも入っているけれど、単に仕事の関係者だからなのか、もっと別の個人的な気持ちが混じっているのか、自分でもはっきりしない。

わたしもモヒートが空になって、次のグラスをもらおうとしたら、かわちくんがいて、なにがほしいか聞いてくれた。クラフトビールは今日はもうないみたいだったので、なにを飲もうか迷っていると、かわちくんが言った。

「けいとさんと真紀さん、大人の女って感じですね。素敵ですね」

「なーに言うてんの。会社勤めして社交辞令うまくなったんやろ」

「やっぱりそうなんでしょうか……」

「もう、今日は楽しく！　いろいろ考えたらあかん！」

けいとがかわちくんに生ビールをもらってあげた。二人のやりとりは、それなりにいい雰囲気に見えたので、わたしはそこを離れた。


トイレから出てくるのと同時に、店の照明が消え、ぱっと赤いライトがステージを照らした。

「それでは、みなさま、お待たせしました。スペシャルゲストの登場です。今日、このお店のために特別に歌ってくれます。キカ！」

拍手と歓声。口笛まで混じっていた。

わたしはそのまま階段の裏側に立って、人の頭の間からステージのほうを見た。

「こんばんは。キカです」

きゃーっと、ステージ前に陣取っている女の子たちから歓声が上がった。ファンなのかな。確かに、ああいうきれいな子って、女の子からも人気がありそう。

「おめでとうございます。今日は、このお店と中沢さんのために歌います」

拍手。それから、オルガンの音。太鼓の音。キカの他にも、楽器を演奏する人が三人ほどいるみたいだった。拍手もざわついていた観客たちの声もやみ、アコースティックギターの音が混じった。キカが弾いていた。それから、歌声が聞こえてきた。

明るい声、と思った。

もっと気取って歌うのかと思ったら、とても素直に、風が吹いていくみたいな歌い方。ずっと聴いていてもいいと思う歌だった。お酒が回って全体に感覚が鈍くなっているわたしの体に、するっと入り込んできた。

このライブのために取り付けたらしいミラーボールが回転を始めて、雪に似た光が降ってきた。中沢くんの、店に。中沢くんが毎日いる、この空間に。

次の歌が始まっても、わたしはそこに立ったまま、歌を聴き続けた。

いつのまにか、隣に中沢くんがいた。

「真紀」

「かわいいね、あの子」

「あ、ああ」

わたしは、中沢くんの顔をじっと見た。なつかしい、という言葉が頭の中にぱっと浮かんだ。

なつかしい？　それって、終わった過去に対して思うことじゃないの？

「中沢くんは、あの子のこと好きなん」

自然に、その言葉が出た。聞いてみようかと考えるよりも前に。

中沢くんは、なぜかびっくりしたみたいだった。

「いやいやいや、そんなんとちゃうくて。……歌が、ええなと思って」

「そう」

中沢くんは、困っているのか、そのあとを続けなかった。

二曲目が終わり、キカはボサノバの誰でも知っている歌を歌い始めた。ぽこぽこと太鼓の音が響いて、お客さんたちがそれに合わせて揺れていて、ワインのグラスもらってくればよかったなと思った。わたしは中沢くんと、しばらく黙ってその光景を眺めていた。

キカじゃない人が弾くギターの間奏になったとき、わたしは言った。

「お店、うまくいってるんやね。よかったね」

中沢くんはやっと、

「まあ、なんとか、やな」

「なじんでるよね。お店にも、料理作るのも、この街にも」

「京都に住むとは思ってなかったなあ。近いのに、大阪がなんか遠く感じるわ」

「電車で一時間もかかれへんのにね」

　中沢くんがお店を始めて、通信システムの会社を辞めて京都に引っ越して、わたしもそのころちょうど仕事が忙しくなって、休みも合わないし、電話で話しているときにけんかまでいかなくてもぎくしゃくすることが何度もあって、かみ合ってない会話を止めることができないまま、会って顔を見て話していたらこんなふうにならないのに、と思ったけれど、実際会ったら会ったで肝心なことを言い出せなかった。肝心なことってなんだったのか、もう思い出せないけれど。

　あ、一つだけ、覚えてる。

「なあ、映画はもう撮らへんの？」

「……そうやな。そうかもしらへんな」

「前に話してくれた、車で旅行中に逃走犯らしきカップルと温泉に行くやつも？」

「あー、あれな。あれは、おもろいと思うねんけどな、今でも」

「中沢くん。わたし、大阪じゃないとこに引っ越すかも」

　わたしを見た中沢くんの顔は、条件反射という感じで、特になにかの表情は読み取れなかった。

「仕事かもしれへんし、」

わーっと歓声と拍手が起こって、そのあとのわたしの声は中沢くんには聞こえなかった。

「え？」

「ううん、決まったら話すわ」

「そう」

ステージ前に固まっていたお客さんたちがほどけて、その中に一ノ瀬さんの姿があった。

「中沢さん！　ライブ、よかったですねえ」

「遠いところまで来てもらってありがとうございます」

「中沢さんが久保田さんとお知り合いだったとは、世間は狭いなあ。仕事でお世話になってるんですよ」

「そうなんですか？」

中沢くんは、わたしと一ノ瀬さんを交互に見た。

「この夏にごいっしょさせてもらった企画も、久保田さんのおかげで大成功で」

「そうですか？」

中沢くんの声は裏返りそうになっている。その返事、失礼やで、と言いそうになった。

ステージを降りてきたキカが、わたしたちの前を通り、中沢くんに向かってほほえみかけてから、階段を上っていった。それと入れ替わるように、西山くんが階段を降りてきた。いつのまに二階にあがってたのか。

「中沢ー、上にいてる人が白ワインないかって言うてるでー」

「上？」

近づいてきた西山くんは、明らかに酔っていた。酔っ払いの見本だった。十年前みたいに髪を切ってあげたくなった。

近づいてきた西山くんは、一ノ瀬さんを不躾(ぶしつけ)にじろじろと見てから、中沢くんに向かって言った。

「あ、この人な、真紀ちゃんとなんかあるみたいやで。東京についてきてほしいとかなんとか言われてるねんて。要するに、結婚？」

「ちょっと、なに言い出すのよ」

けいと、と目で探したけれど見当たらない。もう、こういうときに助けてよ、やっぱりかわちくんとどっか行ったんかな、それはそれでいいかもしれへんけど、とわたしの頭は混乱して今この場ではどうでもいいはずのことばかり浮かんでくる。

音楽はDJがかけるレコードに変わって、お祭りみたいなテンポの速い楽しい曲になった。けいとのあの極楽鳥な服に似合う曲。わたしのワンピースには似合わない曲。

西山くんは、なぜか得意げに言った。

「さっき、うしろで聞かせてもらいましたー」

盗み聞きかよ！　と、怒鳴りそうになったけど、一ノ瀬さんの顔が視界に入って踏みとどまった。

「ごめんなさい、すみません、こんなところで」

「いいんですよ。ほんとうのことだし。わたしのほうこそ、なんだか久保田さんのことを困らせてしまっているみたいで」

「いえ、そんな……」

「ええやんけ、めでたい話やし」

うるさーい。

中沢くんは、わたしと一ノ瀬さんの中間あたりを見ていた。あんまり表情はなかった。

「ああ……、そうなんですか……」

お客さんたちの話し声とそんなに大きくもない音楽で聞こえなくなってしまうくらいの声だった。

「みんなでお祝いしようか！　なあ、中沢」

泥酔野郎は上機嫌で、中沢くんの肩を叩いた。中沢くんは、ぱっと我に返り、笑顔を作って、

「あの、ゆっくりしていってください」

と言うと、スタッフから名前を呼ばれたのを助け船にしようとしているのが明らかにわかるわざとらしい返事をして、キッチンのほうへ戻った。そのうしろを、泥酔野郎も軽くスキップなんかしてついて行った。

「おー、盛り上がってきたなー」

あんただけや！

背中を睨みつけ、わたしももう飲むしかないのかも、と思う。

だけど、いろいろ手間が省けた、という気もしてきた。

いっぺんに、片付いた。

そういうことにしよう。

「すみません。なんだか……」

一ノ瀬さんは困っているような照れているような顔で、首のあたりを掻いていた。

「一ノ瀬さんが謝ることなんか全然、ちょこっともないですよ！　わたし、中沢くんとは、確かにつき合ってましたけど」

「ここで久保田さん見かけたときに、なんとなくぴんときたんだよね。前に、外商部の人に久保田さんには長くつき合ってた彼がいるって聞いたことあったし。中沢さんだったら、なるほどなあっていう感じです」

一ノ瀬さんと初めて二人で食事に行ったのは半年前で、つき合ってほしいと言われたのは先月。わたしがおいしいからと薦めたうどんすきのお店を一ノ瀬さんはすごくよろこんでくれて、その帰りに御堂筋(みどうすじ)を一駅分歩いているときだった。

一ノ瀬さんを見送りに、外へ出た。空の闇が濃くなり、街全体がずいぶん静かになったことが路地に満ちた空気から伝わってきた。

一ノ瀬さんは、ガラス越しに店のほうを見て、穏やかな笑みを浮かべていた。

「わたしは、久保田さんといっしょに生きて行けたらいいな、と思ってるだけなんです。想像すると楽しいんですよね、久保田さんとうちでごはん食べたり、休みの日に出かけたり、そういう普通のこと」

この人は、なんでこんなにうれしいことを言ってくれるんやろう。なんでわたしに、そんなことを思うんやろう。

「また、なにかおいしいもの食べに行きましょう」

「わたし、行ってみたいお店あるんです。ピザがめっちゃおいしいって」

わたしはなんでこんなふうに答えるんやろう。まだ結婚なんて思っていないのに。

福岡の仕事をやってみたいのに。ピザが食べたいだけなのか。一ノ瀬さんにやさしくしてもらっていい気分になりたいだけなのか。

「いいですね、ピザ。それからあのー、もしよかったらなんですけど、今度北条鉄道にいっしょに乗りませんか？」

わたしは、一ノ瀬さんを見上げて、耳に入ってきた言葉をそのまま繰り返した。

「ほうじょう？」

「ローカル線です。わたし、実はてっちゃんなんですよ。乗り鉄の録り鉄。録り鉄というのは写真のほうじゃなくて、録音するほうです。発着メロディとか走ってる音とか。音鉄とも言うんですけど」

遠慮がちに、だけどもっといくらでも話したそうに、一ノ瀬さんは言った。乗り鉄は知ってるけど、音鉄というのもあるのか。

「ほうじょうてつどう、ってどこにあるんですか？」

「兵庫県です」

「知らなかった」

今までに聞いたことのない名前を、遠くの街から来た一ノ瀬さんが知っていて、それを教えてもらったのはうれしかった。

「北条鉄道には枕木応援団というのがありまして、わたしも枕木を一本応援してるんです。それをいっしょに見たいなと思って」

「枕木って、線路の……」

「そうです、わたしの名前が入ったプレートがあるんですよ。それを探しに行きましょう」

「じゃあ、お天気のいい日に」

「たぶん、電車の細かいことひたすらしゃべっちゃうと思うんですけど。それから、できれば紀州鉄道にも行きたいし」

思わず笑ってしまった。

一ノ瀬さんは照れ笑いをし、それから週明けに仕事でお願いしている記念品のサンプルを送りますと、急に角張った口調になったので、わたしはまた笑った。

「じゃあ、おやすみなさい」

一ノ瀬さんは、何度も振り返って手を振った。


午後十時。ＤＪがパーティーの終わりを告げた。

キカはバンドのメンバーたちと機材を運び出し、お客さんも半分くらいになっていた。

けいとかわちくんはいつのまにか店に戻ってきていて、入り口近くの席でコーヒーを飲んでいた。泥酔野郎は窓際で椅子に座ったまま寝ていた。わたしは、スプリングの悪いアンティークソファに再び座って、酔いを覚ましながら、なんとなく周りを眺めていた。

しばらく居座っていたお客さんたちも、ぞろぞろと帰りはじめ、中沢くんはドアのところでその人たちと順番に言葉を交わしていた。結婚式の招待客が帰るときに新郎新婦がお礼を言う場面に似ていた。名前の入ったクッキーを渡したりするあの場面。でも中沢くんは一人で、さすがに少々疲れた様子で（髪も変なふうに崩れていた）、これから後片付けもあるのだと思うと、ちょっとかわいそうになった。

出ていくお客さんの波に逆らって、誰かが入って来た。

「やっと着いた……」

すぐ近くにいたけいとが声をかけた。

「わー、正道くん、ひさしぶり!!　元気やった？　いやー、元気じゃなさそやなあー。疲れてるなあ」

「あ、こんばんは」

正道くんは、よれよれのチェックのシャツに下はスウェット、サンダル履きで、寝起きにコンビニに来たような格好だった。

「おおー、なんや」

泥酔野郎もごそごそと起き上がった。寝ている間に髪を刈っておけばよかった、と思う。

正道くんとは、半年前にも一度会った。外国の研究者の講演を聞きに来たとかでたまたまわたしの職場の近くにいたことがあって、そのあとで焼き鳥屋に行った。そのときは、中沢くんのことはあんまり話さなかった。

「こんばんはー。今日も、食べ物残ってへんなあ」

苦笑いしながらわたしの向かいに座った正道くんに、残っていたボトルのワインを注いであげた。けいとが、こっちに来た。

「正道くんのごはん、ちゃんと取っといてあげてるで」

「まじで」

「お店の子に頼んどいた」

けいとのうしろから、かわちくんが二つお皿を運んできてテーブルに載せた。気が利くようになったけいとの姿から、普段の仕事ぶりを想像する。わたしが働いている時間、けいとも同じように仕事をしていたのだ。

「おつかれさーん」

「ひさしぶりー」

とわたしたちが、乾杯したところで、中沢くんの声が響いた。

「さて、みなさん」

だいたいのお客さんは帰って、残っているのはお店のスタッフとわたしたちと、DJ係とあと二人ぐらいだった。

「実は、ここからがほんとうのスペシャルイベントなのですよ。外へどうぞ」

髪が崩れたままの中沢くんは、疲れすぎて興奮状態にあるのか、かすれ気味の声が裏返っていた。

わたしたちは顔を見合わせながら、表へ出た。店の正面に立った中沢くんは、狭い路地にばらけて様子をうかがっている来客たちを順に見渡して、大きく息を吸い込んで、言った。

「ここに残っててくれたみなさんにだけ、特別にお見せしましょう！」

そして、右手を上げた。

「じゃーん」

その手の指すほうから、銀色の車がゆっくりと入ってきた。二昔くらい前の映画に出てくるような、角張った形の大きな自動車。ボンネットの先端に、誰でもわかるエンブレムがついている。

銀色の輪っか、三つ叉の鳥の足跡にちょっと似た、あのマーク。

なに、それ。

それが自分の頭の中でだけ言ったことなのか、実際に声にして口から出たのか、もうわからなかった。

わたしたちの真ん前でベンツは停まり、運転席から男の人が降りてきた。白いスーツを着て五十代くらいに見えた。手首でやたらと光っている時計が目に入った。

「ばーん！　今からこのベンツは、中沢くんのもんや！」

初めて見るその男の人は、一人で拍手をした。

「ありがとうございます」

中沢くんは頭を下げた。

……なに、それ。

二度目は、確実に声に出ていた。

「今日からぼくは、ベンツに乗ります！」

選手宣誓のように言った中沢くんは、ドアを開けたまま運転席に半分腰掛けた。

……なんなん、それ。

これが、そんなにすごいものなの？

ぎらぎらした時計の男の人が、中沢くんにあれこれ指示をしている。泥酔野郎がわたしの横からしゃしゃり出てきて、銀に光るボンネットに覆い被さった。

「うわー、かっこええのお。渋いなあ、この車」

「今どきこういう形あんまりないからな」

中沢くんは自慢げに言う。

「八〇年代の型ですか？　すごいですね、中沢さん」

かわちくんも、小学生のように興奮していた。

「なに、これ」

声に振り返ると、けいとが立っていた。

けいとも同じこと思ってる。わたしも今、けいとみたいな顔してる。

意味がわからない、という顔。

スタッフの人たちやDJ係は、車に触ったり携帯電話のカメラを取り出して記念撮影を始めた。泥酔野郎もかわちくんも。正道くんだけが、道の向こう側で黙ってベンツを見つめていた。

中沢くんが、わたしの前に立った。

「真紀、おれは」

中沢くんは、手で髪を直そうとしたけど、また別の方向に崩れただけだった。

「真紀と、もう一回ちゃんと話がしたい」

そのとき、路地の向こう、角を曲がってキカが歩いてくるのが、視界に入った。

キカは、わたしに気がついて、にっと笑った。忘れ物でもしたのか、もしくは自分の部屋みたいにこの店に自由に出入りしているのかもしれない。

わたしは、目の前の中沢くんに視線を戻した。見慣れた顔。でも、知らない人みたいな顔。

「めんどくさい」

その声は、自分でも驚くほどはっきりと響いた。

「え?」

「なんかもう、とにかくめんどくさい」

言ってしまうと、まだ十時やん、と思った。夜は、まだまだこれから。

「わたし、けいとと飲みに行ってくる」

わたしはけいとの腕を取った。

「よっしゃ! どこ行こか?」

けいとは右手の親指を立てて、わたしの前に突き出した。二人でさっさとバッグを取ってくると、ベンツ周りではしゃいでいる人たちの横を歩き出した。

「おい、まだ飲むんか」

中沢くんの声が追いかけてきた。わたしは振り返って言った。

「おいしいお酒やったらね」

わたしとけいとは、路地から通りへと出て、ちょうど走ってきたタクシーに手を上げた。

休日出勤

九月二十一日　午後一時

かわちのきょうのできごと

駅前のロータリーには、二台のタクシーが待っているだけで、閑散とした空気が漂っていた。二つあるバス停の行列も短い。

ああそうか。今日は、休みの日だった。しかも連休の始まり。

ということを、家を出て地下鉄に乗ったときにも思ったのに、気づいたこと自体を忘れてまた同じ経過を辿ってしまった。ぼんやりしている。いや、ぼんやりしてるってよく言われるから、もともとぼくの性格というか持ち味というか欠点というかそういうことなのは否定しないが、ここ一週間は特にぼんやりしている。ぼーっと、ぼやっと、ぼけーっと。

「河内、なにぼけっとしててんねん。チャリにひかれるぞ」

突然、うしろから腕を引っぱられ、ぼくは飛び上がるほど驚いた。振り向くと、ぼくの腕をつかんだまま、営業二部の森口さんが立っていた。

「なんやそのアホみたいな顔」

「すみません。ぼんやりしてて」

ぼくは頭を下げたが、森口さんはさっさと歩き出していた。

「わかっとるわい。ほら、行くで」

「はい」

ぼくも森口さんも、ダークグレーのスーツを着ているので、連休の始まりの穏やかな郊外の風景からは浮いている。ロータリーにいるのは、ベビーカーを押した家族連れやとてもゆっくり歩く老夫婦。顧客の苦情を受けてシステムのメンテナンスに向かうぼくたちは、目には見えなくても体から暗く澱んだ気体を発しているに違いない。

森口さんのあとについてタクシーに乗り込む、ところで、ごおーんと頭に重い痛みが直撃した。

「あほか。だいじょうぶか？」

森口さんの、あほ、は口癖か枕詞みたいなものだ。中身はけっこう気のいい人だというのは知っているのだが、体も大きいしなにより太い眉毛とぎょろりとした目が迫力がありすぎるから、ぼくはどうしても萎縮してしまって苦手意識を持っている。社内ではしょっちゅう顔を合わせるものの、二人だけで取引先に出かけるのは今日が初めてだ。

「だいじょうぶですか？」

運転手さんにまで、心配されてしまった。

「はい、すいません」

「北町の○○電機、外環越えて……」

森口さんは、運転手に簡潔かつ的確なルートを指示した。

窓の外を流れていく街に目をやると、初めて来た場所独特の馴染めなさを感じた。国道沿いのチェーン店、小規模な自動車修理工場。建物のあいだの隙間が多い。道の先に、低い山なみが見えた。

「ほんまになあ、これで三週連続の休日出勤やで。買い物に行ってくれる約束してたのにって、うち出るまでヨメさんに散々文句言われたわ。仕事はしゃあないけど、部長がヨメさんに直接話つけてほしいわ」

幹線道路から脇道へ入った。マンションや新しい住宅が並ぶ一角の横断歩道で信号が赤になり、タクシーは停車した。

たまご色の壁の一戸建てが整然と並んでいる。玄関先やベランダのデザインが少しずつ違うが、間違えそうなくらいそっくりな家たち。ワンボックスカーに乗り込んで、今から出かけようかという家族の姿が目に入った。

ぼくは、思わず目を逸らした。

この街のどこかに、学生のころつき合っていた人が住んでいる。一戸建てなのかマンションなのかも知らないが、とにかくこのあたりだ。

結婚する、と本人から聞いたのは、四年前だった。友だちの結婚パーティーで、三年ぶりに会ったのだった。

おめでとう、とぼくは言った。

ありがとう、と彼女は言った。

久しぶりに会った彼女は、深緑色のワンピースがよく似合っていて、髪をアップにしていたせいもあってずいぶん大人びて見えた。落ち着いた、だけど懐かしい声で、かわちくんは変わってないね、と言った。それが褒め言葉なのか、そうでないのかわからず、ぼくは曖昧に笑うしかなかった。

そのとき結婚式の主役だった友だちから、彼女に子供が生まれたことを知らされたのはおととし。女の子やて、うちの子と同い年やわ、と友だちはメールに書いていた。

一週間前、就職して以来七年間住んだワンルームの部屋から、一回り広い部屋に引っ越した。荷造りの途中で、手紙を見つけてしまった。彼女からの、手紙だった。

手紙には、就職したばかりのぼくを気遣う言葉が書いてあった。それから、この先も二人でいっしょにいられたらいいね、来週はどこかに遊びに行こうね、と見慣れた文字が並んでいた。自分でも信じられないほどあほなことに、ぼくは、その手紙を初めて読んだ。つまり、彼女がこの手紙を書いた七年前、ぼくはこの手紙に気づかなかった。当然、なんの返事も返さなかったことになる。

手紙に返事をしなかったことが直接の別れの理由ではないだろうし、すでにうまくいっていなかったから彼女はこんな手紙を書いたわけで、もしそのときぼくがこの手紙を読んでいたとしても状況が改善されたとも思えない。

わかることはただ、ぼくが間抜けだということだけだった。彼女の気持ちを、ぼくに向けられていたやさしい心を、無駄にしてしまった。段ボール箱に囲まれた部屋で、ぼくはしばらく泣いた。荷造りは徹夜になり、翌日の引っ越しの途中で貧血を起こすという失態まで演じてしまった。一週間経つが、部屋はまったく片付かなくて、段ボール箱から靴下を掘り出すような状態だ。

そこに、この休日出勤のクレーム処理。本来の担当である先輩から家族サービスをしなければならないから代わってくれ、と頼まれた。仕事でもしてたほうがましかと思って受けたあとで、場所を聞いて後悔した。ほんまに、ぼくはどうしようもない間抜け。

彼女が住む街に、ぼくは初めて来た。

辿り着いた納入先の工場は、門が半分閉まり、守衛室に人の姿もなかった。休日かー、とぼくはまた思う。別に出かける予定があったわけじゃないが。事務所棟の正面入り口も閉まっていた。森口さんが電話をかけると、裏に回るよう指示された。

工場棟とのあいだを歩いていくと、薄緑色の作業服のおっちゃんがこっちに向かって手を振っているのが見えた。

休みやのにすんません、しゃーないですわー、ほんまにねえ、とおっちゃんと親しげに言い交わす森口さんのあとについて工場に入り、右手のシステム室と表示のある区画に入った。部屋の奥には女の人が一人いた。紺色の制服を着て、パソコンに入力作業を続けていたその人は、ぼくたちを見ると軽く頭を下げたが、なんだか面倒そうなそぶりだった。

事前に聞いていた不具合を森口さんがおっちゃんに確認し、ぼくがこのあとの作業手順を説明しているあいだも、女性はこっちには背を向けたまま明らかに苛ついた音を立ててキーボードを打ち続けていた。

おっちゃんと森口さんがいったん工場の機械を確認に出ると、

「あー、しんどいわ、ほんま」

とつぶやきが聞こえた。

「どのくらいかかります？」

柏木、と名乗ったその女性は、ぼくと同じくらいか少し年上に見えた。背の高い、意志の強そうな顔つきだった。

「一通り見てみないとわからないんで、なんとも……。大変ですね。お休みの日に」

「どこでもそんなもんでしょ。河内さんも、ここに来てはるんやし」

苦手、ととっさに思ってしまった。

「ぼくは、休みでも別に遊びに行くとこもないですから」

「そんなの、嫌味にしか聞こえませんよ」

「違いますよ、ほんとうに……」

こっちだってあなたの嫌味は聞きたくないです、と心の中で言うだけで、顔はいつもの中途半端な愛想笑いしかできない。ときどき、あまり知らない人からこうして敵認定されたり、恨まれたりしているようだ。たしかに、女の子から食事や遠出に誘われることもあるし、飲み会では男前が来たとか冷やかされる。だけど、実際に二人で遊びに行ったり長く話したりすると、たいていの女の子はいらいらし始めたり、申し訳ないような顔をされたりすることもある。二回、三回と続けて会うことはめったにない。きっとぼくは、期待はずれなんだろう。

森口さんが戻ってきたが、柏木さんは会話を続けた。

「だって、周りからちやほやされるでしょ」

「ぼく、全然もてませんから」

「その顔でそんなこと言われても、腹立つだけですよ」

ぼけだかつっこみだかを返すべきなのだろうが、ぼくにはできない。

「ほんまほんま。こいつ、社内では無駄に男前って言われてますから」

森口さんが割り込む。軽口で誰とでもさっくりコミュニケーションが取れるのは、森口さんの特技だ。

「あー、いますね、そのタイプ」

柏木さんも、ぼくのときとは違って他意なく応える。なんでも正面から真面目に受け答えするって、悪い対応の見本なんやろな、とぼくは学習した。だけど学習したからといって実行できるとは限らない。できたら苦労はしない。

「こんな顔やのに、クソ真面目で仕事一筋。ま、そこは信用してもろてええですから。ほんますんませんねえ、休みやのに。とりあえず、プログラムの修正して、テストしてみます」

「お願いします」

柏木さんはそんなに愛想よくないままだったが、ぼくのときとは違って素直に、いくつもあるパソコンやモニターのどれを使うか指示して、ライン長の確認を取りにいった。柏木さんが部屋を出るのを見届けてから、森口さんがぼくに耳打ちした。

「ツンデレ、いうやっちゃな」

「はあ」

ぼく以外の人たちは、ぼくにはついて行けないルールでコミュニケーションをとっている。

これから作業するのは、製造機械の作業工程を管理したり、製品の計量をするシステムの部分だ。画面に表示される数字や記号をひたすらに見つめ、やっぱり記号や数字を入力する。その繰り返し。再起動すると、デザインのよくない管理者用画面が表示される。そしてまた数字と記号。

　ぼくは振り返って、仕切りの窓越しに工場の中を見た。今は動いていないが、金属が複雑に組み上げられた大きな機械が並んでいる。ほんとうは、ああいういかにも「機械」っていうもののほうが好きだ。どうせ笑われるから誰にも言ったことはないけど、子供のころの夢はロボットを作ることだった。しかも、怪獣と戦うロボット。もちろん大学受験のころにはもっと現実的な機械のことを考えていたが、冷たく硬い質感の音を立てて動く物体に今でも心をひかれる。

　この仕事が、嫌いなわけじゃないけど。

「あ、ここでエラー出てるんちゃいますか？　ここを修正すれば……」

「さっすがあ！　顔だけとちゃうんやな」

森口さんが、ぼくの頭を撫でた、というか髪をぐしゃぐしゃにした。

「やめてくださいよ」

　褒められるとうれしい。そんな自分の単純さにも腹が立つ。

　戻ってきた柏木さんは、もう意地悪なことは言わず、ペットボトルのお茶とドーナツを差し入れてもくれた。再試行を手伝う柏木さんは、飲み込みが早く操作も的確で、かなり助かった。それでも五時間かかって、ようやくシステムの修正は終わった。

「お疲れさまでした」

見送ってくれた柏木さんもほかの人たちも、まだ作業が残っているようだった。

呼んでもらったタクシーで、駅への道を戻った。来るときに見た建物たちは、まだよそよそしかった。

「うどんでも食うか？　駅の近くに、うまいとこがあるんや」

駅前でタクシーを降り、ロータリーの反対側に出ると、五、六人が並んでいる店があった。商店街でもないし、青いテントがあるだけの愛想のない店構えなのに並んでいるのは、それだけおいしいということなんだろう。

「これでも行列短いほうや。中途半端な時間やからかな」

ぼくたちは、列のいちばんうしろについた。

いわゆる「いらち」の森口さんが文句も言わずに並ぶとは、うどんの力は恐るべしだ。

しかし、もともと親しいわけでもない男二人がすでに何時間もいっしょにいるわけで、話題はとっくに尽きていた。うどん屋の隣のシャッターの前で黙って立っているのもなんとなく気詰まりで、ぼくはふと、しばらく前に同僚に聞いたことを思い出した。

「あ、そういえば、森口さん、お子さん生まれはるんですよね、楽しみですね」

「来月な」

無愛想にそれだけ言ったあと、森口さんは空を見上げていた。はっきりしない曇り空だった。

なにか別の話題を出したほうがいいのだろうか、と思うほど間があいたあとで、森口さんが言った。

「障害があるんや。生まれてみなわからんとこもあるけど、すぐに手術もせなあかんらしい」

こういうとき、なんて言えばいいのか。様々なシミュレーションが浮かぶが、頭の中のぼくがそれは変じゃないかと全部否決してしまう。

「そうなんですか」

結局、これしか出てこない。

森口さんの顔をちらちら見るが、その横顔からはなにも読み取れない。

「ヨメさんも最初はもちろんショック受けて、そのときはおれのほうが励ますようなこと言うてたぐらいなんやけどな。今では覚悟が決まったんか、自分の子供なんやからなにがあっても関係ない、って。やっぱり自分の腹の中におるから、自分の一部みたいなもんやろうしな」

行列が一人分進む。ぼくたちは機械的に二歩進む。出汁（だし）のいい香りが漂ってくるが、ぼくは混乱するばかりだった。

「正直言うて、おれは怖いんや」

森口さんの声は、いつもとは違っていた。森口さんは、いつも勢いがあって無頓着でなんでも笑いにしてしまうはずなのに。どう答えるべきなんだろう。こんなとき、ぼくはそればかり考えてしまう。ほんとうにその人のことを思いやって出てくる言葉ではなく、なにを言えば正解なのか、なにを言えばこの場の空気を悪くせずにすむのか、そんなことばかりが頭を占めてしまう。

「上の子はもうすぐ四歳やけど、やんちゃすぎるほど元気でな。おれも体だけは丈夫で、あほやから風邪もひかへんわ。身近なとこでも経験なかったし、これからどうなんのか、どうしたらええんか、そもそも、なんでおれの子供にそんなことが起きるんか。こんなこと言うこと自体、あかんのやろうけどな。おれの子供やのに。父親は、おれしかおらんのに」

森口さんは、右手に持ったスマートフォンを触っていたが画面を見るでもなく、ただ親指でその表面を撫でていた。ぼくたちのうしろにも数人が並び、行列はさっきより長くなった。

なにか言わなければ、とぼくは焦りばかりが強くなった。

「森口さんは、なんていうか、口は悪いですけど、やさしいし、仕事の指示も的確やし、ぼくはいつも、ほんまに助けられてて、頼りにしてます」

「そうか」

その声は穏やかに聞こえ、ぼくは少し安堵した。緊張が緩んで、うっかり言ってしまったのだろう。

「だからきっと、その、だいじょうぶですよ。森口さんなら、乗り越えられますよ」

ろくなことが言えない。語彙がない。ぼくはいつも。

「河内」

森口さんが、やっとこっちを見た。

「おまえ、おれのなにを知ってるねん」

大きな目が、ぼくを見据えていた。白眼に赤い血管が走っているのまで見えた。

「なんも知らんやないか」

頭が真っ白になった。一言も出てこない自分が情けなかった。

「進んでますよ」

うしろの人に促された。ぼくたちは無言のまま、二歩進んだ。あと二人だ。

大きなため息を一つついて、森口さんは言った。

「悪かったな。おれの問題やのに」

そしてうつむいたまま、ぼくの背中を軽く叩いた。

「いえ。すみませんでした」

もう五分、沈黙の時間が過ぎ、ようやく順番が回ってきた。

「ほら、入るぞ。肉うどんがうまいんや」

森口さんは、ぼくの顔を見ないまま、暖簾をくぐって店に入っていった。いらっしゃいませー、と景気のいい声が響いた。

うどんの味は、まったくわからなかった。


ぼくは京都行きのホーム、森口さんは反対側なので改札を入ってすぐに分かれた。ホームへの階段を降りきったところで、向かいのホームに森口さんの姿が見えた。ぼく森口さんは、無愛想な顔のままだったが、こっちにむかって軽く右手を挙げた。ぼくは、頭を下げた。

ちょうど、森口さんが乗る電車が入って来た。乗り込んだ森口さんは、ドアの近くに立ってスマートフォンを見始めた。ぼくのことはもう忘れたような顔だった。

電車が出ていった。各駅停車しか停まらない駅なので、ぼくは、電光掲示板を見上げて自分が乗る電車を確認した。京都に行くのは随分と久しぶりだ。大学時代の先輩だった中沢さんにも正道さんにも会うのは何年振りやろう。正道さんが研究職を続けているのは想像通りだが、中沢さんは意外なことにカフェをやっている。同じ研究室で勉強しても、道はそれぞれに別れた。西山さんに至っては農業をしてるらしい。西山さんに会ったら、またからかわれそうだ。

向かいのホームに、視線を戻した。そのとき、視界に入った光景を、ぼくは信じられなかった。

ホームを、ゆっくりと歩いて行く母子。

まだ足取りのおぼつかない小さな女の子は、しゃがみ込んだりなにかを指差したり、なかなか進まないが、若い母親は急(せ)かすこともなくほほえみかけている。

「ちよ!」

ぼくは叫んだ。

だけどそれは、心の中でだけだった。実際のぼくは、ただ突っ立って、間抜けな、ぼんやりしていると評判の顔をさらしているだけだった。

女の子は階段の一段ずつに立ち止まって、一生懸命に足を上げてよろけながら、それでも自分の力で上りたいようだ。彼女は、ちょっと前屈みの姿勢で子供の手を取り、その歩みを見守っていた。

それは、いつか、ぼくが想像したことのある親子の姿だった。彼女はきっとこんな母親になるんじゃないかと、思い描いた通りの光景だった。ちよと女の子は、とてもゆっくりだけれど、確実に階段を上っていった。少しずつ、少しずつ、二人は高いところへ移動していく。

目の前の線路に、電車が入って来た。

ドアが開いた。ぼくは車内に駆け込み、反対側のドアの窓にくっついて階段を見た。

彼女の姿は、もうなかった。

電車は、ちよから離れ、駅からも離れていった。


「手紙、捨ててみたらええんちゃうかな」

赤い椅子に座っているけいとさんは、膝に肘をつき、掌に顎をのせて、ぼくを見ていた。ぼくの長話を、根気よくなぐさめたりなめたりしながら聞いてくれたにもかかわらず、ぼくがしつこく手紙の話に戻ったので、けいとさんもさすがにあきれたようだった。

「えっ」

「だって、もうどうにもならへんし。一回、捨ててみたら」

ソパがあまりにも人が増えて身動きが取れなかったし、西山さんがぼくに絡み始めたので、抜け出してきた。けいとさんが特別室があるねんで、と言ってここに連れてきてくれた。

けいとさんと真紀さんは二階に泊まるそうだが、ぼくたちは今一階の板の間で話している。壁越しに不規則なリズムで重低音がかすかに伝わってくるけれど、すぐそばであんな大騒ぎが続いているなんて嘘みたいだった。ここは静かで、知らない場所で、十年ぶりに会った人とぼくは向かい合っている。

けいとさんは、ソパから持ってきたワインをグラスに注いだ。ぼくも少しだけもらった。

「一回、って。みたら、って。捨てたらもう戻ってこないじゃないですか」

「あ、そうか。ごめんごめん」

これくらいのほうが気楽だ。こんな話を深刻に受け止められたり同情されたりしたら余計につらいし、たぶん、自分をもっと馬鹿みたいだと思うに違いない。

「いえ、でも、そのとおりですよね。もう、どうにもならへんのやし」

「かわちくんだって、別れてからもずうーっと、ねちねち思ってたわけじゃないんやろ」

つまみもソパから持ってきたけど、もうなくなってしまった。けいとさんがほとんど食べた。

「ねちねち……。そうですね、この七年、忘れてる時間のほうがもちろん長かったし、ちよが、ぼくのぜんぜん知らない毎日を生きてるってことに、混乱してるだけかもしれません」

昼間見た街の風景を思い出す。

二階建ての真新しい家。玄関に停まる三輪車。プランターの花。ぼくの今の生活の中にはないもの。遠いもの。

「つき合ってるときは、ちよと、結婚して、同じ家で暮らして、そこに子供なんかいたら、幸せやろうな、って想像してたから。当たり前にそうなるもんやと思ってたから。とっくにあきらめて遠くに消えてた光景やけど、ちよはその通りの風景にいるのに、ぼくじゃなくて、別の人がそこにいるって現実を急に突きつけられてしまって。こんなこと考えてたら、ストーカーになるんちゃうんかって、怖くなることもあります」

今日、彼女がぼくに気がつかなくてほんとうによかった。あほみたいなぼくの顔を、見られなくてよかった。

「しかも、ぼくといっしょにいたいって思ってくれてたちよを、彼女の気持ちを、傷つけたんはぼく自身やし。全然成長してなくて、ほんまあかんなあって」

けいとさんは、ぼくの肩を叩いた、というか、はたいた。結構、痛かった。今日はよく叩かれる日だ。

「考えても、しゃあないって。そんなん言うたら、わたしだって、三十歳の自分はめっちゃ男前と結婚してこんな感じのこじゃれた部屋でおいしいもん食べてる、って思ってたっちゅーねん」

けいとさんは、赤いワインをグラスにさらにどぼどぼと注いだ。

「東京に住むなんて思いもよらへんかったしなー」

「そうか、東京に住んではるんですね」

「でもかわちくんも、おんなじ会社でちゃんと勤めてんのやろ。えらいやん」

「いちおうなんとかやってますけど……。仕事でも、人間関係でも、難しいです。ぼく、自分では気を遣ってるつもりなんですけど、気の遣いどころが変やってよう言われるんです」

けいとさんに昼間のことを話していても、自分のことを実際より多少いいように伝えた。森口さんに気を遣った故に失敗してしまったとか、自分には悪気がないのに勝手に失望されるとか、そんなニュアンスで聞こえるように、都合の悪いところは省略し、自分の言い分は付け足した。話しながらも、森口さんの状況や気持ちは二の次で、自分の失敗ばかりが気にかかる。会社に入ってからの数々の失態や気まずかったことばかりが、次々浮かんでくる。そうは言っても森口さんも大目に見てくれるだろうと甘い考えでいる。週明けにはまた軽口で応えてくれることを期待しているくせに、森口さん自身のことを考えないようにしている。ようするにぼくは、森口さんの話から逃げ出したのだ。

　階段を一生懸命に上っていた小さな女の子の後ろ姿が、脳裏にはっきりと浮かぶ。あの子は一日一日、成長していく。そのために、しっかりと階段を踏みしめていた。もう何年も、自分は与えられた仕事をこなすだけ、相も変わらず人からどう思われるかに右往左往するだけ、もうすぐ三十歳になるというのに、おそろしいほど子供じみている。むしろ、退行している気さえする。人生、みたいなものがぼくにはあるんやろうか。いや、このどうしようもない自分が浪費する毎日が、ぼくの人生というものなのか。

　さっき飲んだ酒が内臓をめぐって、吐きそうだ。

「もおーっ、暗いなあ！　あかんあかん、せっかくの男前がもったいない」

けいとさんは、今度はぼくの肩を揺すった。今、ぼくが考えていることは、この人にはわからない。ぼくが何をしてきたのか、この人は知らない。十年ぶりに会った、他人のこの人には、ぼくは実際よりも少しましに見えているのだろう。

「別に、こんな顔、役に立てへんし……」

「立つよ！　今も、目の保養させてもらってるし。癒されてるよ」

　真剣な口調が、うれしかった。

「やさしいですね、けいとさん」

「ほんま？　やさしい？」

けいとさんの二つの目は、潤んで、そばにある変わった形のライトを反射していた。鳥の羽みたいな不思議な服。どっどっどっ、と音楽の一部が響いてきた。誰かの声も聞こえる気がする。

「けいとさんは、素敵な女性やと思います。あの……、かわいいし」

けいとさんは、こっちに手を伸ばした。そして、ぼくの顔を触った。頭から顎に向かって、そっと撫でた。細い指で、温かい手だった。だけど、感じたのはそれだけだった。

「あー、なんでやろなあ」

けいとさんは、ぼくから離れ、赤い椅子にどさっともたれた。

「それ、十年前に言うてくれたらよかったのに。そしたらわたし、素直によろこんで、っていうかぎゃーぎゃーうるさかったと思うけど、かわちくんになんでもしてあげたのになー」

けいとさんは笑っていた。懐かしい友だちみたいな笑いかただった。

「けいとさんは、イマイチ男性の趣味が悪いのかもしれませんね。見る目がないというか」

「ええっ？」

「ほら、ぼくとか。もしつき合っても、全然おもしろくなかったと思いますよ」

「せやなあ。恋愛に関してはろくなことなかったし、確かに、そうなんかも。かわちくんも、こんなぐだぐだやしなあ」

「すいません」

「謝らんでいいって。謝りすぎ」

「それもよく言われます」

あはは、と声を上げて笑ったけいとさんは、眠そうに見えた。

「なにか、食べ物でも……」

ぼくは言いかけたが、けいとさんは小さく首を振った。

表を車が走っていく音がした。そのあとは静かになった。そうか、ここは京都か。

そして連休の最初の夜か、とぼくは思う。

けいとさんはワイングラスを持ったまま、しばらく表に面した障子を眺めていた。

真っ白い障子になにが見えるのか、ぼくにはわからなかった。

また一台車が通り、障子にライトの光が映って消えた。

「さびしいね。そんなに簡単に、夢中になられへんね。もう」

けいとさんの声に、ぼくは視線を移した。なんで今、ぼくはこの知らない場所で、この人といるんやろう、と思う。けいとさんは話し続けた。

「でも、さびしいのって、そんなに悪いことじゃないかもしれへんよ」

ぼくは頷(うなず)いた。でも、たぶん、けいとさんが言っていることの半分もわかっていない。

「寝ても覚めても上の空みたいなことがしょっちゅうあったら、落ち着いてなんにもできへんしね」

「そうですね」

けいとさんは、ほほえんだ。少し、さびしそうだった。

おれの車

九月二十一日　午後十二時／九月二十二日　午前〇時

中沢のきょうのできごと

今日の昼、母親が突然店にやってきた。来るなら一言連絡してくれればいいのに、母の行動はいつも予測がつかない。

話がある、と言うので、とりあえず、近所の喫茶店に入った。席に着く前にアイスコーヒーを頼み、奥まったテーブルで向かい合った途端、前置きなく、母は言った。

「あのな、お父さん、会社やめよか言うてるねん」

うちは自営業だ。三代続いた人形問屋。やめる、というのは、つまり廃業を意味する。

「もうあのビルも売ってな、和歌山でのんびり暮らそかー、言うて。サラリーマンやったら定年になってる年やしな」

和歌山は母の郷里で、祖父母はすでに他界しているけれど、二階建ての無駄に広い古い家はおいてあって別荘にしている（そう呼ぶのは母だけだが）。

自社ビル、なんてどんな金持ちかと思われそうだが、大阪の街なかにありがちなぼろい四角い建物に過ぎない。築三十五年五階建て、いわゆるうなぎの寝床型、土地は二十坪。同じように細長いけどもっと背の高いビルに挟まれて、ほとんど日も当たらず縮こまっている。

「自社ビル」の一階は店舗、二、三階は倉庫と事務所、四階と五階が自宅になっている。つまり、ビル（古屋付き土地に分類されるのかも）を売るということは、実家がなくなるということだ。おれは京都で店を始めた五年前から出町柳のアパートに住んでいるけれど、実家にはまだ四つ年下の妹がいる。

「絵美子は？」

「一人暮らしできるからちょうどええわって言うてる」

母は、運ばれてきたアイスコーヒーに、シロップもフレッシュも使わな損とばかりに大量に入れ、ストローで雑にかき回した。

「この際あんたが店やってる建物も売ろうか言うてんねんけど、どうする？　あんた、買い取るか？」

「la Sopa」をやっているところは、元はうちの会社の京都支店。十年ほど前に店を閉め、倉庫代わりになっていたのを、改装してカフェを始めた。

「そんな、急に言われても……」

「儲かってるんちゃうの？　あんたも三十過ぎて結婚もしてへんのやから、不動産ぐらいもっといたほうが責任感出てくるやろ」

母は現実的、実利的なことが好きだ。カフェを始めたのも、母が「あそこ場所ええねんからなんか使わなもったいないわー」と言いだしたのがきっかけだった。その母が、大阪のまあまあいい場所にある自社ビルを売ろうというのだから、うちの商売はもうどうにもならないのだろう。

「結婚はしてへんけど、店はちゃんとやってるやん。雑誌、送ったやろ?」

「男前って書かれたからって浮かれとったらあかんで。あんたはすぐ調子乗るんやから」

母はアイスコーヒーを一気に吸い上げた。

「おれも三十二やで。中学生とちゃうんやから。あの場所で赤字出さんとちゃんとやってるんやし」

「……そやな。そういう意味では、お父さんよりしっかりしてるかもしらん」

八年前、祖父が亡くなった。八十二歳ではあったけど、前日まで元気に店に立っていたので、ショックも大きかったし、なにより家業が混乱した。その心労もあってか、半年後に父まで倒れた。幸い、軽い脳梗塞(のうこうそく)でしばらく入院とリハビリ生活だったものの後遺症もほとんど残らなかったが、当時通信関連の会社でシステム開発を担当していたおれも家業を手伝わなければならなくなった。そうこうしているうちに、京都の使ってない建物でカフェをやってみようということになり(母が言いだしたのだがなぜか結局おれと妹がやることになり)、最初は土日だけだったが、案外うまくいき始め、会社勤めは辞めて、おれが一人でここで本格的に飲食業をすることにしたのだった。

父もそのころには元気になって、仕事に差し支えはなくなったのだが、なにしろ零細の人形問屋というとっくに時代から取り残された商売なので、だんだん減っていく昔からのお客さんと細々取引する以外は、店先でフィギュアやら外国のおもちゃやらを売っているという状態だ。

「だいじょうぶなん、親父」

「普段は元気そうにしてるけど、夕方なったら疲れた顔してなあ。ゆっくりしたほうがええと思うねん」

母のつくため息は、おれにプレッシャーを与えるためのものなのか、いや、たぶん本心だ。

おれが黙っていると、

「考えといてや」

と、テーブル越しに腕を叩かれた。

「けいとちゃん、元気にしてるんかいな」

「母さんのほうがよう知ってるんちゃう」

けいとにはしばらく会っていない。しばらく、というか、何年か。

けいとは、真紀のことでおれに対して不満を持っている。「なんでなん?」と言いたげな目でおれを見る(ような気がする)のが居心地悪くて、メールや電話はするものの、どこかでけいとを避けてしまっていた。

「なんや、そんな冷たい人間に育てた覚えはないで。あの子は、能天気に見えても、中身は遠慮しぃでさびしがりやなんやから」

「それぐらいわかってるて」

　母はせっかく京都まで来たんやからおいしいもんでも食べに行くわ、と友だちに電話してさっさと行ってしまった。もしかしたら、今日がおれの店の五周年記念だとは知らなかったのかもしれない。

　ある程度予想していたことではあったが、家族の今後や金銭的な問題を実際に突きつけられてしまうと気が滅入った。気持ちを切り替えなければ、と、遠回りをして、知り合いがやっている中古レコード屋に寄った。

　古い雑居ビルの二階に上がると、そんなに広くない店にはけっこう客がいた。連休だし、遠くから来た人もいるのだろう。その中に、見覚えのある女の人がいた。誰だっけ、と思い出せずにいたが、向こうから「めっちゃ前にけいともいっしょに出町柳の河原でお花見したときに」と説明してくれて助かった。おれは読んだことがないが小説家で、そういえばけいとが東京で仕事をすることになったのも、この人の小説が原作になった映画の撮影現場に見学に行ったのがきっかけだった。おれは妙な意地を張ってロケは遠巻きに見ていただけだったが、行定勲という監督が撮ったその映画は、まああおもしろかった。壁に挟まった男の場面は笑った。だけど、あの話をおれが映画にするなら、なんていうかもっとスピード感を出して……。

今晩、うちの店でパーティーがあってけいとも来るで、と言ってみたが、聞いたけど仕事があってこれから東京に戻らなあかんねん、ちょうど入れ違いやなってさっきメールして、とのことだった。今度店に行きます、と言っていたが来ない気がする。おれのほうも、小説読みますって言ったけど読まなそうだし。目当てもなくレコードを物色し、全部ジャケ買いで重いのに七枚も持って帰ってきた。

自分の店に戻ってスタッフに謝り、準備に追われていると、けいとが意味不明の派手な格好で店に入ってきた。それから、真紀も。

けいとも真紀とも顔を見て話すのはほんとうにひさしぶりで、全員がぎこちなく浮き足立ったまま、パーティーは始まって、おれの店だから当然おれはステージの進行をし料理を出し酒を出し、次々とやってくる客に挨拶をするのに精一杯になっているあいだに、真紀は、おれじゃない人と結婚話が進んでた。しかも、相手はおれの仕事相手でもあった。真紀と一ノ瀬さんにつながりがあるなんて、全然知らなかった。そんな関係だなんて、思ってもみなかった。

そして、ベンツが届いた。おれの車。

それが、今日のできごと。

もう、十二時を過ぎようとしている。日付の上での「今日」は、もう終わり。だけど、店の片付けはまだまだ終わらないから、おれの「今日」も終わらない。

とりあえず機材は運び出し、食材の処分もした。スタッフたちは帰らせた。これからフロアと厨房（ちゅうぼう）の清掃。終わるのは、明け方かもしれない。

フロアにモップをかけていると、ドアが開く音がした。

「な、か、ざ、わ、さん」

振り向くと、キカが入ってきた。

「ああ」

「今日はお疲れ様でした。みんな打ち上げでまだ飲んでるけど、抜けてきた」

キカは、長い脚を投げ出して、赤いソファに弾むように座った。

「わたし、お腹すいたなー。パンケーキ食べたい」

「パンケーキ……」

おれはモップを壁に立てかけ、店の中を見渡す。テーブルの上にひっくり返して載せられている椅子。いつも通りの光景なのに、さっきまでは壁を飾っていた花やきらきらした紙がなくなった分、なんだかさびしく見える。

「こんな時間に開いてる店ないと思う」

「ファミレスでええよ。うん、ファミレスのやたら甘くてすかすかのホイップが載ったのが食べたい」

にっと笑ったキカの顔を見ると、おれから「断る」という選択肢が抜け落ちてしまう。

「ああ、わかった」

「わーい」

無邪気な返事をして、ぴょこんと彼女は立ち上がった。

キカは、去年の夏からときどき一人で店に来ていた。とても目立つ風貌なので、最初に店に入ってきた瞬間に、おれも浮き足立ったし、店のスタッフの男だけじゃなく女の子も、妙にはしゃいだ様子になった。学生のバイトの子に聞くと、バンドをやっていたりしてちょっとした有名人らしかった。キカはいつ来ても、当然のようにうちの店の特等席である二階の窓際に座った。たいてい二時間近く長居して、歌を作っていた。窓の外に向かって、小さな声で歌いながら。

「ベンツで行こうよー」

キカが、おれの腕をとって言う。当然、おれはいい気分だ。

「せやな」

裏のコインパーキングまで歩く。

おれのベンツは、いちばん奥に停めてある。ただ置いてあるだけなのに、星みたいに輝いている。ほかの車とは、まるで違う。硬くて夢みたいな光を、夜の底から放っている。

キカは、自分の車みたいに、遠慮のかけらもなく乗り込む。白くて長い手足は、この車によく似合う。

おれも何でもない顔をして、エンジンをかける。重量感のある響きが夜の空気を震わせる。おれの体も、この車の一部になったみたいに感じる。

買ってよかった。買うと決めたことは正しかった、とおれは自分自身に確かめるように心の中で繰り返した。

鴨川沿いの道は、暗かった。大阪とは違う、と久しぶりに思う。川面と暗闇がゆったり溶け合っている。

「さっきの人、中沢さんの彼女でしょ?」

キカが、唐突に聞いた。

「……なんていうか、まあ、つき合ってたけど」

「かわいい服着てはったね。極楽鳥みたいな」

「えっ。けいとのことか? あー、あいつは幼なじみや。保育園からいっしょで、女とか恋愛とかそういうのとはまったく別の存在」

「え、ほんなら、あの真面目そうな人のほうなん？　えー、意外」

むっとした。

真面目そう、なんて形容を真紀に対して思ったことはなかったし、いや、「真面目」が悪いとは言わないが、キカはいい意味で使ったわけじゃないだろう。

「そうかな……」

「どのぐらいつき合ってたん？」

単純な興味、という感じでキカは聞く。キカは今は特定の彼氏はいないようだが、だからといって今おれとパンケーキを食べに行くことにたいした意味がないだろうことは知っている。パンケーキが食べたくて、つれていってくれそうなやつがいて、別にいやじゃない程度。おれのほうも、特に何かを期待しているわけじゃない。

そりゃあ、誘われたらすぐ応える準備はあるけど。

「なんだかんだいうて、合計したら十年近いかなあ」

「十年⁉　なにそれ？　ほんとに？」

キカは素っ頓狂(すっとんきょう)な声を上げ、上半身をこっちに向けた。

「十年とか、つき合えるものなの？　なんていうか、コワい」

「怖い？」

「だって……、人の気持ちなんか、変わるのが普通やん」

ちょうど赤信号で停車した。おれは、キカの顔を見る。前に向かって座り直してい
て、その横顔はフロントガラスの先の暗闇を見つめている。
「十年なんか、どこか気持ちをごまかしてるんやろ。それか、ストーカーか」
「気づいたら、過ぎてるもんやで。十年なんか」
ほんとうに。十年がこんなにすぐに過ぎるもんだとは思っていなかった。自分が三
十歳を過ぎるなんて、思っていなかった。
「それこそ、コワい。そんなふうにだらだら生きるんいややわ」
キカは、軽く肩をすくめて、助手席の窓のほうを向いてしまった。
だらだら生きる、か。自分がそんなことを言われるとは思ってなかったな。この十
年、どっちかっていうとめまぐるしかった。会社勤めを始めたころは、研修だの親睦
会だの新しい環境になじむだけで必死だったし、父親が倒れて家業も手伝わなければ
ならなくなり、それが落ち着くまもなくカフェなんかやることになって、わけがわか
らんようになるぐらいに忙しくなって、会社を辞めて。辞めて店を本格的にやるよう
になったらなったで売り上げは安定しないし人を雇うのも大変だし、月末になると計
算ややりくりをしなくても給料が振り込まれてた会社員はよかったな、と思ったこと
もあった。もう慣れたけど。
五周年にあわせてちょっとした音楽の演奏もできるように改装して、あちこちに宣

伝を頼んでその一環で雑誌にも載せてもらって、イベントの準備もして。

こんなに忙しく、いいように言えば充実してたことなんて、それまでの人生でたぶんなかった。おれって仕事してる、って疲労を快感に感じることさえあった。だけど、全体として見渡すと、たいしたことはないのかもしれん。おれの十年分の労働なんて。

「あっという間やで。光の速さ」

「それがいやなんやん」

短く返したキカは、外を見たままだった。かすかに鼻歌が聞こえてきた。

こんなふうに真紀がおれの運転する車の助手席に座っていたのは、いつのことやったやろう。真紀はよくしゃべった。運転してるのに、あれ見て、これ見て、とうるさいくらいだった。

真紀とぎこちなくなり始めたのは、いつぐらいのことだったか。おれがこっちで店を始めたときは、まだ楽しいだけだった。おれが会社を辞めて、大阪にほとんど帰らなくなってから？　真紀も仕事が忙しくなって、おれも夜中まで店の片付けなんかをしてて、電話でさえゆっくり話せなくなってから？　もう、忘れたな。

真紀は不安になったりいらいらしたりしているようだったが、おれの気持ちは変わらなかった。いずれはずっといっしょにいるようになるのだし、なんで今のままやったらあかんのか、一週間か二週間に一回会って楽しく過ごして、それでなんであかんのか、おれにはわからなかった。

おれは真紀が好きやったし、別に浮気とかしたわけでもないし（ちょっとええなと思う子がおったり、その子と遊びに行ったりはしたけども）、少なめに見積もって七十歳ぐらいで死ぬとしても、まだ四十年以上あるやん。そのうちの二、三年になぜそんなに焦るのか、正直に言っておれには理解できなかった。

「これ、エアコン壊れてんちゃう？　窓開けようよ」

キカが、おれの返事より前に窓を開ける。ぬるい風が、車内に吹き込んでくる。

「ああ、そやな」

おれは、間抜けな返答をし、運転席の窓も開けた。

ベンツを譲ってくれた木村さんは、二年ほど前から店に来るようになったお客さん。うちの店をかなり気に入ってくれて、毎回違う女の子を連れてくる。

そんなふうには見えないが創業二百年を超える仏具屋の何代目かで、北白川のびっくりするほど大きな家に住んでいる。三か月前、そのお屋敷で催されたお茶会に呼ばれた。錦鯉が泳ぐ池の上にせり出す形に作られた茶室があり、木村さんは渋い色の着物姿で「結構なお点前（てまえ）」を披露（ひろう）した。さすがにこういうときにはぴしっとしてはんのやな、と感心しながら、なんの知識もないおれは左右の人をちらちら見ながら苦いお茶を飲んだ。その帰りに、車庫に停まっていたというか放置されていたこの車を見かけた。かっこいいっすねと言ったら、中沢くん、乗るか？　と言われたのだった。

　乗ります、とおれは考える前に答えていた。


　真夜中のファミレスは、一人で勉強している学生、グループで盛り上がっている学生、集団で居眠りしているジャージ姿のヤンキー系十代と平均年齢が低かったが、ところどころに帰る場所がなさそうな中高年男性もいた。店員に案内されて真ん中の通路を歩いていくと、客の何人かはキカを目で追い、学生グループではなにかを囁き合うのが聞こえた。

　窓際の席に着くと、キカはラミネート加工されたメニューを開いて、すぐに「濃厚ビターチョコ&バナナパンケーキ」を注文した。

　真夜中に運ばれてきたパンケーキは、なんだか神々しく見えた。

「おいしーい」

　キカは、子供みたいによろこんだ。店でろくに食べていなかったおれはチーズハンバーグセットにしたのだが、パンケーキにすればよかったと少し後悔した。

「今日初めて歌ったのん、どうやった？」

　唇の端についたチョコレートソースを舐めながら、キカが聞いた。

「ああ、よかったよ。ええ歌やった」

キカの質問に答えつつも、このあとまた店に戻って片付けして、明日の仕込みもやって、それから、とおれの頭は毎日の習慣を実行し始める。

「ねえ！」

おれがぼんやりしているのがわかったのか、キカがフォークを握った手でテーブルを叩いた。

「ああ、ごめんごめん。ほんま、めっちゃええ歌やったよ。最後のほうの繰り返しが、小鳥の歌みたいで」

最初にキカが店に来た日、コーヒーを運んで階段を上っていったおれは、初めてその歌声を聞いた。軽やかな、透き通った、でもどこか頼りないような、優しい声。途切れ途切れに聞こえてくるメロディは、その後もずっと心に残って、今も繰り返しおれの頭の中で流れ出す。

おれも、キカみたいに才能があったら、映画を撮ってたんやろうか。と、ふと思う。映画を、おれは今でも撮りたいと思っている。いつかおれの映画を、とストーリーやシーンを考える習慣は、頻度はだんだんと少なくなっているが、完全になくなったわけじゃない。ただ、なにもしなかった。学校に通うことも関連する仕事をすることもなく、脚本をどこかに応募するとか実際に撮影するとかも、なにもしなかった。おれの映画はまだ、おれの頭の中だけにある。

ファミレスの大きな窓ガラス越しに、駐車場のおれのベンツが見える。冷たい銀色に輝く車。角張ったラインに、威厳がある。それは実際に、そこにある。

おれは、今の仕事をちゃんとやろう、って決めた。これはほんまにやりたいことじゃない、ほんまのおれは違うんや、っていつまでも言い訳にするのはやめよう、と決めた。

それで、ベンツを買うことにした。どうつながってんねん、って突っ込まれても人が納得できるような説明はできへんかもしらんけど、おれの中では理解できている。おれが今の、店の仕事をやってきた中で手に入れた、ささやかな、ちょっとかっこええもん。それがあの車。

映画の中のだめなやつらみたいに、時代遅れの形の車に乗って、夜の街を走るのだ。

「あ」

と、向かいに座るキカが顔を上げた。その視線を追って振り返って、おれは固まった。

「あ」

そこに立っていたのは、真紀だった。けいとも。

「どうも」

と、真紀が言った。目が、完全に酔っ払いのそれだった。

「飲みに行ってたんちゃうんか?」

慌てている気持ちを隠しながら、おれは言った。

「行きましたー」

答えたのはけいとだった。こっちももれなく酔っ払いだ。

「楽しかったねー」

真紀はけいとの腕を取り、恋人同士のように頭をすりつけた。

「やっぱり駐車場のベンツ、このあほのんやってんで」

「やたらぴかぴかして目立ってたもんねー」

「なんや、こんなとこまで追っかけてきたんか」

「ち、が、い、ま、すー。ちょっと甘いもん食べたなって」

「飲んだあとって食べたなるやん、パンケーキとか」

「そう、パンケーキ。ねーっ」

「気が合いますね」

そう言ってからキカは、真紀をじっと見つめた。

「ああ、よう見たらめっちゃ美人さんや。中沢さんにはもったいない」

「そうやろ」

なぜか勝ち誇ったような声で言ったのは、けいとだった。

真紀とけいとは、通路を挟んだテーブルに座った。

「わー、おいしそう！　わたし、やっぱり焼きたてりんごパイ&バニラアイスにする！」

「わたしもそれにしよっかなー」

周りの客に怒られそうな大声だ。

「おれもそれにしよーっと！」

背後の声に振り向くと、眼鏡の男が立っていた。白いシャツ、黒いスーツ、首元には蝶ネクタイ。手品でも始めそう、となぜか思った。しかし、どこかで見たことがある。

「あ！」

「こんばんはー」

大学で同じ研究室だった坂本。何年ぶりだ？

酔っ払いけいとが、普段よりだいぶ高い声で言う。

「さっき、ソパ出てから乗ったタクシーな、外から見たら普通の黒い車やねんけど、乗ったら中はヒョウ柄でファーのシートでゲームもできるようになってて、すごいタクシー乗ったわ、ラッキーやなって、木屋町のおすすめのバーいうとこに乗してってってもろてな、ほんでぇ、バー出てからタクシー乗ったらまたこの人やってでん！　しかも、そしたらこの人が、さっきも思ってたんですけどどっかで会ったことないですかって、ほんまやー、正道くんの家で会うたーって、すごくない？」

「奇跡！　奇跡！」

女二人は相当盛り上がっているが、おれはついていけない。十年前の正道の引っ越しパーティーには坂本もいたか、となんとか思い出せた。

「京都は狭いですから」

坂本は、余裕の笑みを浮かべて、けいとの隣に座った。

「坂本、中国行ってたんとちゃうんか」

「しばらく働かんでもいいぐらい稼いだから、やめて半年前に帰ってきた」

「なんやそれ、どういうこと」

「株や株」

「悪いことやったんちゃうやろな」

「なにをおっしゃいますやら」

「帰ってんねんやったらおれの店来いよ、っていうか、誰かに連絡せえよ」

「ま、いろいろ事情があるのよ。暇つぶしに、タクシー乗ってんねん。いろんな人に話聞けるからな。ほんで夜中のファミレス来るやろ。もう、おもろすぎやで。こういうとこでフツーの人らを観察するのがええんですよ」

「……ようわからん」

「中沢もなかなかうまいことやってるらしいやん。見たでぇ、雑誌」

「あ、そう」

「ま、今度食べに行かしてもらうわ」

真紀とけいとにりんごパイ、坂本にはパンケーキが運ばれてきて、彼らは和気藹々と食べ始めた。それを横目で見ていたキカが、唐突に言った。

「中沢さん、まだ好きなんやって」

もちろん、真紀に向かって。

真紀は、りんごパイをつつく手を止めたが、おれのほうは見ない。

「いや、おれはそんなこと言うてない……」

「なになに？　痴話げんか？」

坂本は、黒縁眼鏡の下の目をにやにやさせて、おれたちの顔を順番に見た。

「わたしら、今、りんごパイ食べてるから」

真紀は素っ気なく言った。意志を感じる声だった。

けいとが、大きなメニューをテーブルに広げた。

「パフェも食べようか。クリームあんみつもあるで」

けいとが指で示した先を、焦点の定まらない目でなんとか見ようとしていた真紀が、突然、声を上げた。

「あーっ、わたしプリン食べたい。プリン載ってるやつにして。プリン！　プリン！　ぜーったいプリン！」

不意に、胸がぎゅっと締めつけられた。

真紀。真紀や。

真紀と一緒に過ごしていた時間が、そのときの自分の気持ちが、突然、いっぺんによみがえってきた。体の奥のほうの小さな箱が開いて、そこからどんどん押し寄せてきた。

真紀は、注文を取りに来たバイトの男子にも、プリン、絶対プリン載せてな、と言った。向かいで、キカがくすっと笑った。

「ぼくがごちそうしましょか？」

隣のテーブルでは、坂本が嫌味なおっさんみたいな言い方で聞いていた。

「じゃあ、ビール」

「わたしチューハイ」

「ええー」

「ごちそうするって言うたやん」

「だってもう十分酔うてるやないですか」

「どこが？」

「いや、けいとは酔うてる。わたしは違うけど」

「えー」

結局、ビールとチューハイが運ばれてきて、女二人は飲み、坂本はメロンソーダをがぶ飲みしながら中国での仕事の話（主に自慢）やらタクシーで出会ったおもろい人鉄板ネタやらを披露した。真紀とけいとは大げさに驚いたり笑ったりしていた。

チーズハンバーグセットを食べ終わったおれは所在なく、片付けもあるし店に戻りたかったが、キカがなんとなく動こうとしないので、特に飲みたくないのにドリンクバーでコーラを入れて戻ってきた。

キカは、テーブルに肘をついて窓の外を見ていた。

「ああいう車、かわいいけどめんどくさそう」

座りながら外を見ると、古いワーゲンの食パンみたいな形の小さなバスが駐車場に入ってくるところだった。緑と白のツートンカラーで、ミニカーみたいだ。

「せやな」

おれもキカも、ワーゲンのほうを見たまま話した。ワーゲンは、不慣れな人が運転しているのか、おれのベンツの隣の空きスペースに入ろうとして、何度も方向転換を図っていた。

「けっこう好きなんでしょ、そういうの」

「そうかもな」

おれは、コーラを一口飲んだ。ずいぶん久しぶりの味だった。おれの店にもあるのに、昨日も飲んだのに、全然違う味がする。

「なあ、あれなに？」

キカが見ている先を、おれは目で追った。

「煙、出てない？」

ワーゲンバスの前輪の上あたりから、白い靄のようなものが湧き出ている。

「煙……、やな」

煙は見る間に濃くなって、大量に吹き出し始めた。運転席と助手席からほぼ同時に、学生みたいな若い女の子が転がり出てきた。

「え、ちょっと」

おれは立ち上がった。助けに行くか通報とかしたほうがいいのか。思わず坂本を見る。運転手をやってるんだからどうしたらいいか知ってるかも。坂本は、パンケーキのバナナをほおばったまま、不思議そうな顔でこっちを見た。

「あっ」

キカが短い声を上げ、おれは振り返る。無人のワーゲンバスは、煙を吹き出しながらゆっくりと動いていた。おれの、ベンツに向かって。

やばい。

走り出しかけた、その瞬間。

ぼんっ、と、その音は分厚いガラスを通しても伝わった。

ワーゲンバスから、炎と煙が上がっている。炎は、瞬く間に勢いを増してオレンジ色に光り、車の表面を包んでいった。少しずつ、動いていくワーゲンバス。

「ああっ、まじか」

おれは走った。入り口のドアにぶつかり、さらに階段でつまずいてあやうく転がり落ちそうになりながら、走った。そこでもう一度爆発音が響いた。入り口とは反対側になる駐車場に出たときには、炎を噴き上げながらゆっくりと動くワーゲンバスが、すでにベンツの後部にぶつかっていた。おれの、ベンツに。そしておれのベンツは、もうすでに、うしろ半分がオレンジ色の光に飲みこまれそうになっていた。

「えー、あー」

「うわあああ」

駐車場の隅に座り込んだ女の子二人が、よくわからないうめき声をあげながら、抱き合っていた。

「ちょっと、あれ、おれの、おれのベンツ！」

おれの叫び声は、京都の静かな夜に拡散してすぐに消える。

「えええー」

「ごめんなさいごめんなさいごめんなさい」

女の子たちは、パニック状態のようで、一人は携帯電話でどこかに連絡しようとしているようだが、手が震えて操作できない。

「消防呼ばな」

振り返ると、坂本がスマートフォンを握っていた。

「もう呼んだ」

おれは、炎のほうへ駆け寄る。おれのベンツのほうへ。

「中沢！　危ないって」

けいとの声が聞こえた。おれは、ワーゲンがぶつかっているのとは反対側の、ベンツの右前方から近づいた。助手席のドアを開けようと手を出したが、金属はすでに炎の熱が移っていて触れない。

「あっち！」

何度か試みたが、無理だった。そして炎は徐々に車の全体を包み始めた。

「中沢くん、下がって！」

真紀の声。

誰かがおれの腕を引っ張る。真紀かと思って振り返ったら、坂本だった。

「あかんあかん、もうあきらめろ」

坂本に引きずられるようにして、おれはベンツから離れた。おれのベンツから。

その数秒後、ひときわ大きな爆発音がして、ベンツの後部座席のあたりに炎の塊がわき上がった。

火の粉が、夜空に飛び散った。そして、降ってきた。きらきらと、雪みたいに、濃紺の空にオレンジの小さな光が、ゆっくりと舞った。

「きれーい」

突っ立ったままのけいとが、空を見上げて言った。

「うん、きれいやね……」

その隣で、真紀がつぶやいた。

おれも、ただその小さな光を眺めていた。

キカも、坂本も、ワーゲンに乗っていた女の子たちも。

ベンツの炎の勢いは衰えない。木村さんがガソリンを満タンにしてくれていたのだろう。

消防車のサイレンの音が、近づいてきた。ふと周りを見ると、ずいぶんと見物人が集まっている。真夜中なのに、みんな元気だ。ファミレスの「この時間の責任者」みたいなおれと同じくらいの年の男の店員が出てきてなにか言っていたが、おれは上の空で、とにかく心配してくれているみたいでいい人やなとか思っていた。

消防車が大きいのと小さいのと何台かずつやってきた。燃えている車に水を直接かけるのはよくないのか、主に周りに延焼しないようにしているようだった。幸い、おれの車以外に巻き込まれた車はないようだった。幸い。

見物人の間から、誰かがこっちに走ってきた。

「中沢のベンツちゃうん！」

ああ、西山か。

「だいじょうぶですか？」

かわちが、泣きそうな顔でおれを見る。

「……なわけないですね」

そうそう、そんなわけない。だいじょうぶなわけない。だいじょうぶじゃない。

「あああああ、おれのベンツ……おれの……」

おれはやっと声に出した。その瞬間、体の力も抜けて、その場に座り込んでしまった。坂本がおれの肩を叩いたのを感じた。

でも、なにもかもぜんぶ、消防車のサイレンも銀色の服を着た消防士たちも大量の水も見物人たちも夜も空も、ぜんぶ夢の中みたいだった。

火は、わりにあっけなく消えた。ただ、ワーゲンバスとおれのベンツが燃えただけで。飽きた見物人たちも、早々にいなくなった。坂本は、西山とかわちと再会をよろこびあい、大声でなにかしゃべっていた。

見回すと、キカはいなかった。

けいとと真紀は、駐車場の片隅で、まだ酔いが覚めないままのようで、ぼんやりと並んで立っていた。

おれは、二人のほうへ歩いていった。

「ちょっと、待っといてくれへんか？」

けいとと真紀は、顔を見合わせた。

「いつまで？」

聞いたのは、けいとのほうだった。

「わからんけど、もうちょっと」

頷（うなず）いたのは、真紀だった。

消火活動があらかた終わったようなので、おれはさっきいくつか質問をされた消防士さんに近づいて、聞いた。

「すいません、あの、車の中に大事なものがあるんで出したいんですけど」

「なんですか？　まだ触らんほうが」

「ものすごく大事なものなんです。どうしても、確かめないとだめなんです」

消防士さんは、ヘルメットの下の目で試すようにおれを見た。二台の車の残骸の近くにいた別の消防士たちと何か言葉を交わし、車体を確かめてから振り向いた。

「どうぞ」

おれは、黒焦げのうえ水浸しになったベンツのドアに触った。ドアのレバーを握ると、ざらざらしたが感触自体はそれほど変化なく、ベンツってやっぱり頑丈なんだと思ったが、開くとドアがずれた。

炭色になった車内に頭を突っ込み、助手席のグローブボックスを開ける。開けるというか、引っ張ると落ちた。水も流れてきた。その中、灰になった地図の奥に、立方体の形がかろうじて確かめられた。

それを、おれはそっと取り出した。煤だらけになって、体を引き出し、駐車場の照明の光のあるところで、その箱を開いた。まえに開けたときのように、ぱかっと快い感触はせず、箱は崩れ落ちた。

掌には、光が残った。銀色の光と、もっと透明な強い光。

おれは、指輪を顔の前にかざした。

「ダイヤモンドって、八百度超えたら気化するはずなんやけどな。残ってたわ」

いつの間にかそばに立っていたけいとが、言った。

「あほやろ、あんた」

そのうしろに、真紀が立っていた。

真紀は、困ったようなかなしいような、あきれたような、なんともいえない表情をしていた。

その顔のまま、黙って、おれを見続けていた。

弱い風が、おれたちの間を吹き抜けた。燃えたガソリンと鉄のにおいがした。

おれの今日は、まだ終わっていない。

真夜中の散歩

九月二十二日　午前二時

誰かのきょうのできごと

なぜ歩こうなんて思ったんだろう、と考えながら、イトウは歩いている。もう一時間以上、歩いている。

真夜中だ。真夜中は、何時から何時まで使っていい言葉なのか、そういえば知らない、と、イトウは思った。真夜中と夜更け（よふ）と深夜と夜半過ぎと、どれがいちばん遅いのかも、わからない。

ミッドナイト。

暗い。夜は、暗い。だけどほんとうの暗さじゃない。街灯もあるし、そばの建物に取り付けられたセンサーライトが突然光ったりもする。外から来た者は疑われるのが常だ。

とても静かだった。瓦屋根の向こうに見えるマンションの窓にはいくつか明かりがついている。連休だから、夜更かしなんだろう。

足が痛い。

耳の奥で、ときどき音楽が鳴る。へたくそな、たどたどしいベースの音。

イトウは前夜に東京からバスでやってきて、さっきまで、結婚パーティーに出ていた。直接知っている誰かが結婚するのも、結婚パーティーに参加するのも、初めてだった。パーティーは、ただのライブだった。地下の狭苦しいライブハウスで、ステージには順に四組出てきて、三組目のドラムを新婦が担当し、四組目では新郎が機械をいじって歪(ゆが)んだ電子音を出していた。噂(うわさ)に聞いていた両親への手紙も花束投げもビンゴも、なかった。バンドが四組、順に出てきただけだった。新郎新婦が並んで座っている場面も最後まで見なかった。

新郎が、イトウの叔父だった。叔父、といってもまだ二十八歳。イトウの母親の年の離れた弟。しかも父親は同じだけど母親が違う弟で、今日は叔父の二十八歳の誕生日でもあった。

十年くらい前、父（＝イトウの祖父）を亡くした叔父はイトウ母子の近所に住んでいたことがあって、そのときは遊んでもらっていた。というか、ゲームの相手をしてやったのは自分のほうだとイトウは思っている。

イトウの母は結婚式場で働いているからこの連休は休むわけにはいかず、子供たちにも別に出席しなくてもいいんじゃないかと言っていたが、アルバイトをしていた居酒屋が二週間前に閉店して暇になったから、なんとなく行く気になった。滅多に遠出などしないので、京都という街に行ってみたかったのも理由だ。

京都。叔父は、十年前に京都が舞台になった映画を見、その原作となった小説も読んで、京都の大学を受験した。学生が夜中まで飲んだり、急に蟹(かに)を食べに行ったりして楽しそうだった、と、さっき演奏が始まる前の挨拶で話していた。

そんな理由で、一生を左右するようなことを決める人がいる。イトウは自分の叔父ながら、心配になった。たとえば、スパイダーマンになりたいからニューヨークに留学する、というのと大して違わない。むしろ、スパイダーマンになりたいほうがまだ志が高いのではないか。

四年ぶりに会った叔父は、結婚もしたし、楽しそうにしていたから終わりよければすべてよしというところだろうか。終わりではなくて始まりか。それよりも。

遠方から結婚式に招待した客には交通費などを出すものだ、と友人から聞いたが、バス代は自腹のうえパーティーの会費もきっちり取られたし、てっきり泊めてくれるものだと思っていたが、引っ越しの混乱でそれどころではないと即答で断られた。

そんなことをツイッターに書き込んでいたら、ときどきやりとりしていた人が、京都でゲストハウスみたいなところに住んでいるから空き部屋に泊まりに来てもいい、と返信してきた。イトウとは直接面識はないものの、イトウのバイト仲間の高校の同級生だかなんだかで、いちおうそのバイト仲間に確認したら自分も泊めてもらったことがあって古いけどいい雰囲気の建物だし気を遣わなくていいやつだからだいじょうぶじゃない？　と返答があった。

今、真夜中に、イトウはそのアパートを目指して歩いていた。

パーティーが終わって片付けを手伝ったらもう電車がない時間で、叔父はタクシー代をくれたのだが、なんとなくあたりをぶらつきたい気分だった。地図をスマートフォンで検索してみると、道が縦横とわかりやすいので、宿泊先の近くまで歩いて行けると思った。京都は狭い街、と聞いていた。しかし。

おそらく、実際はかなり遠かったのだろう。歩き始めて、一時間になる。しばらく前に、スマートフォンの充電が切れた。だから今、自分がどこを歩いているのか、正確にはわからない。記憶力にも方向感覚にも自信があるから、覚えているのと道が一致している限りは歩くつもりだった。わからなくなるか、疲れるかしたら、タクシーに乗るつもりだった。

少しの酔いはとっくに覚めていた。酔わない体質だ、と母も叔父もよく言っていた。マンションの窓の明かりが一つ消えた。五、六……、七階？　最上階は十二階。白いタイル張りの四角い建物。京都がこんなにマンションだらけだとは、思いもしなかった。観光に行った誰かがＳＮＳにあげている写真も、テレビの旅行番組も、背景は格子戸の木造家屋か寺や神社だった。

居酒屋のバイトでいっしょだったやたらと流行りものに詳しい大学生が彼女と旅行してきたとかで、キョートでさ、キョートはさ、と自慢げにスマートフォンで見せてきた画像も石畳の路地に焦げ茶色の木の壁が続いている風景だったが、そんなのは見当たらない。確かに、古い木造家屋はあるが、少数派だ。道は普通にアスファルト。

事業所が入ったビル、東京のどこにでもあるような戸建て、マンションが規則性なく並んでいる。やたらとコインパーキングがあって、「櫛の歯が欠けたような」で、形容句は正解だろうか。

蒸し暑かった。

空気がベタベタとまとわりついてくる。リュックサックがくっついている背中に熱がたまって、後頭部がぼんやりした。

川に出れば涼しいはずだと期待していた。カモガワ。

カモガワに辿り着かない。川の気配など、微塵も感じられない。

道路を、小動物が横切った。猫より低くて長い、と咄嗟に思った。それの姿はすでに見えない。関西はイタチが多い、とそれもツイッターで見たことがあった。

きいきい、と音が聞こえて振り返ると、角を光が曲がってきた。自転車のライトだった。自転車は蛇行運転しながら、イトウに近づいてきた。いったん追い越して、半円を描いて戻ってきた。女だった。

「夜って、化石のにおい、しませんか?」

イトウのすぐ横で停まってそう言った女は、高校生くらいに見えた。コインパーキングの街灯の白い人工的な光に照らされて、前髪の揃ったボブカット、キノコ柄のワンピース、猫の顔がついたバレエシューズが鮮明に見えた。イトウの苦手なアイテムが揃っていた。

「いえ、別に」

キノコ女子は、自転車でゆっくりとイトウの周りを回った。

「わたしのこと、めんどくさいって思ってるでしょ、イタいって思ってるでしょ」

「そうでもないです」

「嘘つきって、素敵ですね」

「そうでもないです」

「忙しいですか？　忙しくないですよね。むしろ暇ですよね。人恋しいですよね。家でパーティーやってるんですけど、いっしょに来ませんか？」

イトウはふと、足を止めた。女も、少し行き過ぎてから、自転車に跨がったまま片足をついた。

「パーティーって、なんのですか？」

「興味示しましたね。ほんとは誘われるのを待ってたんでしょう。わかってますよ。パーティー、パーティーね。秋分です。昼と夜と、同じ長さだから」

「ああ」

空は薄く曇っていた。しばらく前にいびつな形の月が見えた気がするが、今はどこにあるのかわからない。

「参加者は?」

「うちの親戚。全員集合」

「遠慮します」

軽快なピアノの電子音が響いた。キノコ女子は斜めがけにしていた猫の顔形の布袋からスマートフォンを取り出し、耳に当てた。

「あっ、ごめんごめん、変なのに捕まっちゃって。あと、四分で着くから」

キノコ女子は、スマートフォンをポケットに戻すと、いったん自転車から降りた。そして、イトウの正面に立った。

「さようなら」

不意を突かれたようになって、イトウが言葉を返せないでいるうちに、女は自転車に跨がって遠ざかっていった。

さようなら。

その挨拶を、小学校の終礼以来、イトウはしたことがなかった。

そっくりな四つ辻をいくつも過ぎた。どの角も似ていて見分けがつかず、この街の人たちは迷子にならないのだろうかと、イトウは気がかりに思った。踵(かかと)の痛みが新しい段階に突入したあたりで、幅の広い道路に突き当たり、左に曲がって、右に曲がるとようやく橋に出た。

「川」

イトウは、声に出して言ってみた。低い石造りの欄干から下を覗き込むと、暗く形のないものが流れていた。暗い流れは、イトウの足下からどんどん遠く離れていく。水音がやけに大きく響くが、そんなに水量があるようには見えない。もしかしたら相当に深いのだろうか、とイトウは身を乗り出した。

暗い流れは、冷たそうだった。入ったら涼しくなりそうだ、と首に流れる汗をぬぐいながらイトウは思った。

突然、強い光が左から差した。イトウはまぶしさに目を細めた。黒い車。タクシー？

イトウのそばを通ったその車は、急ブレーキの不快な音を立てて停まり、それからけっこうな勢いでバックし、イトウのところを二メートルほど行きすぎて停車した。ヘッドライトの二つの丸い光に、イトウは手をかざした。

「だいじょうぶですか」

タクシーから、女が降りてきた。虹色のひらひらしたブラウスが、光に透けていた。ショートパンツに底の厚いサンダル。逆光で顔はよく見えない。

何度も瞬きしながら、イトウは答えた。

「ええ」

「だいじょうぶじゃないでしょ?」

女は、すぐに返した。近づいてきたその顔は、もちろんなんの見覚えもなかった。

ああそうか、川に飛び込むとでも思われたのか。イトウは、なんとなく腹が立った。

「家、どこ? ちゃんと帰れる?」

虹色女は、子供を諭すような口調で言った。

女の後方、タクシーの運転席の窓から、眼鏡をかけた男が顔を出した。

「子供やないんやから」

後部座席から、もう一人女が降りてきた。黒髪に、黒いワンピース。ちょっと幽霊みたいな雰囲気、とイトウは思った。

「さかもっちは、人情がないわー」

明らかに酔っている人の話し方。関わらないほうがいい、とイトウは考えた。

「迷子?」

黒髪女が聞いた。

「あー、ちょっと旅行っていうか、知り合いの家に泊めてもらうんですけど」

会ったこともない人の家、と言ったら、いっそう面倒なやりとりをしなければならないと予想した。

「もう夜中やで。待ってはるよ」

虹色が聞く。

「そうなんですけど、思ったより遠いから」

「どこ？」

「宮本武蔵が決闘したところの近くだそうです」

「えー、そんなん、まだまだやで！　無理やで！」

「熊出るし、熊」

「送ったるから、乗っていき」

虹色と黒髪の甲高い声が、静寂を破壊するように響いた。

「タクシー代とか、ないですから」

イトウは嘘をついた。

「そーんなん！　おねえさんが、あんじょうしたるやんか」

虹色は馴れ馴れしくイトウの肩を叩いた。

「えーっと、お二人のドライブはお約束しましたけど、そろそろわたしも帰りたいなー、なんて……」

運転席から顔を出した男が、遠慮がちな声を出した。

「ええやん。どうせ暇持てあましてるんやろ」

「そうやで、これで京都の印象悪くなって観光客が激減したら、さかもっちのせいやで」

「そうやそうや！」

イトウは、お節介や厚かましさを普段から避けて暮らしていた。しかし、今日はこんな日なのだろう、苦手な要素を取り揃えた女に絡まれる日、と、一度立ち止まったら急にだるくなった腰をさすって、イトウはタクシーに近づいた。

「はいはい、わかりました。きみ、助手席に乗ってくれる？」

運転手に指示されたドアを開けて、イトウはひるんだ。

シートが、シマウマ柄だった。車内を検分すると、後部座席はヒョウ柄、運転席は羊みたいな白いもこもこ。天井まで、虎柄の布が張られている。隅には高級スピーカー。タクシーの内装には規定があるのかないのか、イトウは知らなかった。世の中のことなんて自分はまだなにも知らないのだ、とイトウは思い、シマウマ柄のシートにリュックを抱えて座った。

「目的地は？」

「えーっと、左京区の……」

覚えていた番地を告げると、運転手はカーナビに地名を入力した。

「はいはい、なるほどね」

小さな液晶画面を覗き込むと、目的地はまだまだ遠いようだった。歩いていたら夜が明けたかもしれなかった。それでもかまわなかったが。

　アニマルタクシーは、静かに走り出した。意外に乗り心地はよかった。運転手が聞いた。

「音楽、なにが好き?」

「R&B、ですかね」

「あいよ」

　運転手がダッシュボードに転がっていたiPodを操作すると、JAY-Zのラップと重低音が天井のスピーカーからクリアに聞こえてきた。それから、リアーナの歌声。

「ええ声やなあー、泣けてくるなあー」

と、運転手は本当に泣きながらつぶやいた。

「そうですね」

　イトウは、自分のスマートフォンにもダウンロードしてあって京都に来るまでのバスでも聞いていたその曲に合わせて小さな声で歌ってみた。

　後部座席の虹色と黒髪は、リアーナの声なんて全然耳に入っていないようだった。

「正直、食べ過ぎたと思うわ」

「うん」

「飲み過ぎたとも思うし」

「うーん」

「食べ過ぎやし、飲み過ぎやね。自制したほうがええよ」

運転手の言葉を、女二人は無視した。

虹色は、話し続けた。

「飲んでてもさー、つい明日のこととか考えてしまわへん？」

「それがフッーです。社会人やからね」

運転手は運転手で、無視されても気にならないようだった。

虹色は、あー、と声を上げるとしばらく鞄を探って、ない、ない、と繰り返し、それからようやくスマートフォンを探り当てて、黒髪の顔の前に突きつけた。

「もー、な、ほら、これ見てよ。こんな時間に仕事のメールやで。休みやのに、連休やのに。ま、いつものことやけどな。朝までに送ってとか、フッーに言うてくるけどな」

「わかる」

「仕事があって恵まれてると思うよ？　それなりに楽しいこともあるし、めっちゃよかった映画の監督に会えたりしたらそらうれしいし。でもなー、これでええんかなって気持ちがずっとあるんよ。かといって、どうしてもこれがやりたいってことがほかにあるわけちゃうし」

「わかるわー」

「ていうか、どうなん？　みんなそんなにやりたい仕事やってるものなん？　自分が思い描いた未来に一歩ずつ近づいていってるものなん？　強く思えばその通りになる、とか言うけどさー、全然、思ってたことなんかなにひとつ実現してないけどなー」

「わかりすぎるわー」

「……とか、言うたりして」

イトウは、バックミラーに目をやったが、虹色の顔も黒髪の顔も見えなかった。

黒髪の声が聞こえた。

「今の自分は、十年前の自分がまったく想像してなかった自分で、そしたら十年後の自分は、今の自分がぜーんぜん思ってもみいへんような自分なんかな。今の自分が……」

ふあああぁ、と語尾はあくびに変わった。

イトウは、十年後のことなど考えたことがなかった。来年も、三か月先でも、自分が何をしているかわからないと思った。十年前は小学生だった。小学四年生のイトウは自分は二十歳まで生きていないと思っていた。

運転席と助手席のあいだから、虹色が顔を出した。

「ねえ、何歳？」

「自分っすか？　ハタチです」

「ハタチ！」

「ハタチ！」

　女二人は声を揃えて大げさに驚いた。

「そんなこともあったねえ」

「大学生？」

「二年です。来年は、オーストラリアに交換留学が決まってて。地方自治の政策研究が専攻なんですけど。でも、そのまえにインターンで社会経験を積んどこうとも思って」

「しっかりしてはるなあ」

「最近の子は、堅実やね」

「まあ、それなりに」

　嘘をついた。留学もインターンも、兄の話だ。兄は今、シドニーにいる。イトウが行ったことのない場所。いい街だ、みんな親切だ、とやたら兄はメールに書いてくるが、〝キョート〟の観光写真と同じで街の隙間に存在しているいいところやいい人だけをひたすら抜き出しているんだと、今、気がついた。

　対向車線を、赤いワンボックスカーが走ってきた。消防車だった。車体の上にくっついている四角いライトも点灯していなかったし、サイレンも鳴らしていなかった。

虹色が言った。

「……中沢、ちょっとかわいそうかな、さすがに。あの車、どうするんやろ」

黒髪が答えた。

「もう、ええんちゃう？　いっそなにもかも燃えてなくなったほうがすっきりするんちゃう」

運転手はなにも言わないが、言葉を聞き漏らさないようにしているのが気配でわかる。

「強いね、真紀ちゃんは」

「やー、強くならんと、やってられませんよ」

「せやねえ」

窓の外の風景は、空間の部分がどんどん増えていった。「古都」というイメージから想像していたのと違って、街の中心から離れても道幅が広く、そのせいでいっそう人の気配のなさが際立った。

「あのー」

イトウは、バックミラーで後方をうかがいながら口を開いた。

「京都に来たらここだけは行っとけ的なとこって、どこっすか？」

「ええっ？」

「京都に来たら⁉　ここだけは行っとけ⁉」

虹色も黒髪も、なぜか調子の外れた声を上げた。

「……すいません、聞いてみただけですから」

二人の反応にひるんだイトウにはかまわず、虹色はしばらく、えーとかうーんとかいやーとか考えている様子だった。

「せやなあ、智積院かなあ。お庭があるんやけどね、大きい池を中心にしてつつじの山があって。縁側の下が水面で、鯉が泳いできて、ただぼやーっと座ってると、ここの景色は三百年前も、百年後もいっしょなんやなーって思うねん」

「あー、ええねえ、あれは。……京大の近くの、モダン焼きが百種類ぐらいあるとこは？」

「フジ？　まだあるの、あそこ」

「あるある。こないだ会社の人に教えたら、トロピカルモダン食べてきたって言うてた。パイナップルとりんご載ってたらしい」

「わたしそれは無理やわ。吉田山登ってみるとか？」

「鞍馬に天狗探しに行くとか」

「ないない」

虹色と黒髪は声を上げて笑った。なにがおかしいのか、イトウにはわからなかった。運転手が囁いた。

「知ってます？　鞍馬天狗ってね、宇宙人なんですよ」

前方を向いたままの眼鏡が光っていた。

「鞍馬に行くとね、宇宙と交信できるんですよ」

イトウは、聞いていないことにした。今度は黒髪が言った。

「あ、比叡山が意外にええよ。滋賀側に降りるケーブルがあるんやけど、琵琶湖一望やし、降りた先に日光東照宮みたいなんがあるねん」

「えー、そうなんや、知らんかった」

「路面電車も乗れるし」

「あー、わかった。あのへんええよねーっ」

虹色と黒髪は、イトウのことは忘れて、小学校の遠足の思い出など話し始めた。アニマルタクシーは赤信号で停止し、運転手は顔を真横に向けてイトウを探るように見た。

「比叡山も、宇宙系ですね。わたし、先月行ったとき、あたりが急に霧に包まれて自分の手も見えへんくらいになりまして、しばらくしたらね、その真っ白い中を緑色の人影がいくつもいくつも歩いて行くのが見えたんですわ。そのうちの一つが、ふっとこっちに近づいてきて……」

　自分に向かって語りかけられていることが必ずしもうれしいというわけではない。イトウは振り返って、後部座席の会話に割り込んだ。

「琵琶湖！　そんな近いんすか？」

「山の向こう、すぐやで」

「琵琶湖って、泳げますか」

「泳げるとこもあるけど、今の季節はどうやろね」

「なるべく北へ、できるだけ北へ行ったほうがええよ。きれいやから。ほんまにきれいやから」

「ありがとうございます」

　行くつもりはなかった。一生行かないかもしれなかった。

「明日、どうする？　大阪帰る？」

　虹色が、あくびを抑えているような声で言った。んー、と黒髪のほうは頼りない。

「明日っていうか、今日か。でも明日」

　虹色が、重ねるように言った。

「それ、けいとはよう言うね」

「だってさー、ＮＨＫのニュースなんか十二時過ぎたら二時間前のことでも昨夜って言うねんで。変じゃない」

「どこかで線引きせんと困るからちゃう？」

「自分もそっち派です。まだ、今日のほう」

イトウは、体を斜めにひねって言った。

「寝るまでは、日付けが変わった気がしないから」

「そうやろ？　ほら、若い子も賛成やって」

「若い子って」

「わたしは、十二時で切り替わる派です。だから、もう今日」

断言した運転手は、大きな動作でハンドルを回し、交差点を右折した。虹色がつぶやいた。

「じゃあ、さっきのパーティーは、もう昨日かー」

「んー」

パーティー。この街のどこかでパーティーがあった。虹色たちがいたパーティーは、イトウのいたパーティーとは違う。キノコ女子のパーティーと同じという確率はどれくらい？

虹色が声を上げてあくびをした。

「明日、どこ行くか決めた？」

「全然……」

道幅が狭くなり、緩いカーブが続いて見通しが悪くなった。古い家はあるが、いわゆる「町家」という外観でもなく、ただの田舎の風景だ、とイトウは思った。街灯も減り、タクシーの進行方向でヘッドライトの光の中に塀や比較的新しい二階建てが順に現れた。

「ここどこ？　こんなとこまで初めて来たかも」

虹色が、左右を見ながら言い、その声は少し不安げに聞こえた。アニマルタクシーは上り坂に入り、左に曲がったところで停止した。そばにはひときわ大きな敷地の日本家屋があり、その脇の路地を運転手は指差した。

「この奥やと思うけど、ここまでしか車入られへんわ」

「ああ。ありがとうございます」

自分に目的地があったことを、イトウは思いだした。アニマルタクシーを降りてから車内を振り返ると、黒髪のほうは、眠り込んでいた。

「気いつけて。熊、たまにほんまに出るから」

「おやすみぃー」

遠ざかっていくタクシーに手を振った。スマートフォンを充電させてもらえばよかったと今さら気づいたが、黒い車体はカーブを進んですぐに見えなくなった。静かだった。見渡す限りの家のどこにも明かりはなかったし、虫の声も聞こえなかった。塀と塀のあいだに、イトウは立った。路地の入口に、確かに立て札がある。まるで演劇の小道具のような木製の脚がついた四角い看板で、人差し指を左方向に向けた手の絵と「ゲストハウスへようこそ」と冗談みたいに文字が並んでいる。

〝キョート〟の写真で見たような石畳の路地だった。板塀と板塀のあいだを進むと、両側に格子窓のある二階建てが並んでいた。画像に残しておきたかったが、暗くて写りそうになかった。急に、音楽が聞こえてきた。アルゼンチンタンゴ。

右側の手前から三軒目の家は平屋で、玄関から明かりが漏れていた。引き戸は半分開けたままで、その中の土間がよく見えた。オレンジ色のライトがいくつか光っているが、表から想像するよりもだいぶん広い空間は、全体に薄暗かった。二十人ほどが、音楽に合わせて体を揺らしている。Tシャツにジーンズや、インドふうのスカートなどのラフな格好が多かった。

この街は、パーティーばっかりやってる。イトウは玄関の前に立って、しばらく彼らを眺めていた。

引き戸を少し開け、二歩踏み込んだ。一番手前にいた、一人だけスーツを着た後ろ姿に声をかけた。

「すみません、ハラダさんて、いますか？」

男は振り返って、イトウの顔をじっと検分した。おじいちゃん、と言って差し支(つか)えない顔だった。白髪は短く刈られ、目は皺(しわ)の寄ったまぶたの下の窪(くぼ)みで妙に光っている。こんな夜中なのに、千鳥格子のネクタイまでしている。

じいさんは、イトウの全身に視線を何往復もさせたあと、愛想笑いもせずに口を開いた。

「ああ、七号室の。そこをぐるっと入ってどん突きの建物の二階に上がって」

祖父に似ている、とイトウは気づいた。今日結婚した叔父の父に。パーティーには出席できなかった新郎の父親。

「どうも」

イトウは、じいさんの顔を上目遣いに探りながら、軽く頭を下げた。

「どなた？」

部屋の奥から近づいてきたのは、ばあさんだった。タイダイのＴシャツに、オレンジ色の長いスカート。

「七号室に、お客さん」

「めずらしいね」

そばのスツールに腰掛けていた男も振り返った。ロックバンドのロゴが背中にプリントされたＴシャツだったが、顔はやはり老人だった。部屋の中なのに平べったい帽子を被ったままで、つばの下の目は眠っているみたいに細かった。どうやらここにいる人は皆、イトウの三、四倍の年齢らしかった。

路地に戻ると、右の家も、左の家も、いつの間にか窓に明かりが灯っている。パーティーが始まったのだ。

平屋の左手に回ると、周囲は竹藪だった。密集して伸びた竹が、平屋にのしかかるように続いていた。その奥に、二階建てがかろうじて見える。

竹藪の根元で、二つの光が動いた。動物の目。猫か、狸か。熊じゃなければいい、とイトウは舗装されていない隙間を進んだ。

行き止まりに建つ二階建ては、特に趣もないごく普通の木造家屋で、板チョコみたいなドアの左右に正方形の窓、二階にも同じ窓が二つあった。どれも閉まっている。ただし、玄関のドアの横にインターホンが六つも並んでいるのが、笠の割れた外灯に照らされて目立っていた。

右上の一つに「原田」と書いてある。インターホンは、カメラ付きの最新型だ。イトウは、小さな円いカメラのレンズを見つめながら、ボタンを押した。ぴんぽーん、と間延びした電子音が鳴った。しばらく待っても応答がない。見上げると、二階の右の窓にぱっと明かりがついた。イトウはもう一度、インターホンを押した。ぴん、ぽーん。

「開いてますよー」

今度はすぐに応答があった。くぐもった、女にしては低く、男にしては高い声だった。

板チョコの形をしたドアを開けると、正面に長い廊下が続いていた。イトウは靴を脱ぎ、右側から伸びる階段に足をかけた。

小さな場所

九月二十二日　午前一時

正道のきょうのできごと

おれは、中沢のベンツには乗せてもらわなかった。

河川敷に座っていた。夜の鴨川は静かで、というか、昼間と違ってよそよそしいくらいだった。暗くて、時間もぼんやりと流れている気がした。

右側でも左側でも、いい年した男が泣いていた。

「そうや、おれが悪い、おれが悪いんやな。正道もおれが全部悪いと思ってるんやろ。でもな、ちゃんとケリつけたほうがお互いのためやと思たんや！　あいつら、顔からしてなんやぐずぐずしてたやないか」

中沢と真紀ちゃんはお互いにまだ気持ちが残っていると話したら、西山は突然反省をはじめ、こうなった。西山は飲むとからむタイプだったが、そこに「泣き」まで加わってしまったのは年齢のせいやろうか。芝生の上で膝を抱えて座り、子供みたいに小さくなっている。だが、知らない人が見たらあやしいおっさんに違いない。

「おれはそんな、微妙な感情なんかわからん。わからんで悪いか。悪ないやろ。はっきりせえ、はっきり」

悪いんか悪くないんか、どっちや。

「そやな。ややこしいのは、かなわんな」

だけど、おれだってわからない。真紀ちゃんに、今日のパーティーのことを知らせないほうがよかったかな、とうっすら後悔みたいなものがある。おれが考えたってしゃあないことなんやろうけど。

「ぼくも、わかりません。なぜなんでしょうね。一時は通じ合ってたのに、なんで心は離れてしまうんでしょうね……」

かわちは、さっきまでだいぶん前に別れた彼女のことをしつこく思い出して涙ぐんでいたが、なんとか落ち着いてきたようだ。遠い目で、川なのか対岸なのか空なのか、眺めている。

静かだった。おれたちの（特に西山の）声がこの穏やかに眠りにつこうとしている街の邪魔をしている。

先月、学会の手伝いに駆り出されて東京に行ったら、夜が夜じゃなかった。昼間よりも光が強く輝いていて、騒々しかった。終電があんなに混んでいるなんて、謎だった。あの街と、この街とは違う世界なのかもしれない。ここことは別の夜。ここには別の時間がある。

おれが育った大阪の街も、明るい夜の賑やかな場所だったけれど、すっかりここの空気に慣れてしまった。

建物が低くて、それぞれのあいだも距離があって、夜は暗闇がたっぷりと満ちている。山に囲まれた器の底で、おれは暮らしている。

だいぶん涼しくはなってきたが、川のそばは湿気が這(は)い上がってきて、体がべたべたした。

「あー、酔うたわー。酔うたー。一泳ぎしてこよか」

西山が立ち上がり、川のほうへ歩いて行こうとしたので、

「待て待て」

とおれは慌てて、西山を止めた。足にしがみついてタックルした形になり、西山は顔から川原に倒れた。

「痛ええええー！　なにするんや、正道」

「あほか、おまえ。そんな酔うて川なんか入ったら死ぬで」

西山は、変にゆっくりした動作で起き上がると、左右を見回した。

「ほんまか」

ぽかんと、座り込んだまま暗い水面を眺めている。やっぱり子供みたい、とおれは思う。西山は子供の親になったはずなのに。子供と接していると子供の部分が引き出されてしまうのかもしれない。

暗い水面は、対岸や橋の照明を反射して光っている。尖った模様みたいだ。水の全体が小刻みに震えているみたいに見える。遠くまで流れていって、おれが生まれた街のきれいじゃない海に辿(たど)り着くまで、震え続ける。

「川って、危ないんですよ。西山さん、気をつけないとー」

かわちの心は、ここじゃないところを漂っている。

「なにやってんのやろなー、おれら。なんも変わらん」

十年も経ったのに。

「変わってないのは正道やろ。おれは違うぞ。結婚したし、子供もおるし、一戸建てやぞ、二階建てやぞ」

「そうか。ちゃんとしてるよな、西山は」

「そらそうや。おれは、責任ある社会人として自立してるのや」

中沢も、店がうまくいっていて今度は宿まで運営するらしい。十年前の飲み会にいたもう一人、坂本は音信不通だけど中国の電機メーカーで開発をやっているのだと聞いた。

「もう、あんなわけのわからん機械と薬品と電磁波に埋もれた狭ーい部屋には戻らんでええねんぞ」

西山も、途中まではおれと同じ道を歩いていた。大学院は別のところに進んだけれど、会う度にお互い話す内容は似たり寄ったりで、おれはどこかで安心していた。だから、六年前に突然、大学院をやめて農業をやる、子供がいる女と結婚すると知らされたときは、驚いたし、もったいないとも思った。でも正直に言うと、取り残されたような気持ち、より正確には、これから取り残されていくんやなっていう予感に覆われた。そして実際、おれは博士課程を修了したあとも正式な職につけないまま研究室に残り続けている。

「今も毎日その景色やなあ、おれは」

「なつかしいなー」

元々は進学を希望していたかわちは、大学を卒業したあと大手精密機器メーカーに就職した。しばらく岐阜の工場勤務だったが、今は大阪の本社で商品管理部にいるらしい。頼りない顔をしているけど、あの会社で七年もちゃんと勤まっているのは、そこそこ仕事ができているということやろな。学生のときもかわちは真面目やったし、人当たりもいいし。

「ぼくは才能ないから、あきらめたんです。正道さんのことは、ほんま尊敬してます」

かわちは、潤んだ目でおれを見る。大きな黒い瞳に、小さな星が光っている。

「ありがたいけど、そう言われてもなあ。なんの保証もない身分やしな」

西山はおれの肩に手を回した。

「正道！　思い切って、ぱーっと広い世界に飛び出さなあかんで。正道みたいなええやつが、なんでうだうだしてるねん。くすぶっとったらあかん」

「くすぶってる、かー」

思わず笑ってしまう。

「西山さん、やっぱり、ちょっとは言葉の使いかたを学んだほうがいいですよ」

「なんや。かわち、言うようになったのう。成長したな」

「あ、いえ」

「かわち！」

叫んだかと思うと、西山は突然かわちに覆い被さった。

「なにするんですか、やめてください」

雑草の茂った土手で、かわちは手足をばたつかせて抵抗している。十年前にも似たような光景を見た。あのときおれはこの街に引っ越してきたばかりで、大学生と大学院生の境目だった。まだ寒い日で、夜の暗さがさびしいと思っていた。

西山にもかわちにもついこのあいだまで会っていたような気がするけど、十年前の引っ越し飲み会のこともどうでもいいことまで鮮やかに思い出せるけど、でも、あのときと今とのあいだにある十年分の時間は短くなりはしない。

「おい、西山、なにしてんねん」

いちおう、という感じで、おれは西山の足を引っ張る。

西山は、かわちのスーツとシャツを無理矢理に脱がせて、立ち上がった。そして、自分のTシャツを脱いだ。よれよれの、汗が染みこんだTシャツ。

「おまえ、これ着ろ」

Tシャツをかわちに投げつけると、西山はかわちのシャツを着て、スーツのジャケットを羽織った。細いかわちのシャツはもちろん小さすぎるのだが、西山は無理にボタンを留めた。弾け飛びそうになっている。さらに無言で裾が擦り切れたカーゴパンツも脱いだ。

「早よ脱げや」

わけのわからない西山の行動と威圧に、かわちはおびえた目でおれのほうをちらちらと見ながら、スーツの下も脱ぎ、代わりに西山の服を着た。

「よーし。ええ感じや。どや」

西山は土手の上で仮面ライダーみたいなポーズをとった。

「どや、ってなにがやねん。スーツ、着れてへんで」

「おれはな、かわちを自由にしたいんや。こいつは、人の目ばっかり気にして、やりたいことやらんと、うじうじしてるやろ。おれみたいになってみろ。楽しいぞ」

さらに西山は、かわちの肘を引っ張り上げて無理矢理立たせたが、かわちは自分の腕で体を隠すようにして小さくなっていた。

「すいません」

「かわちは、すぐ謝る。せっかくその姿になったんやから、西山っぽく言うてみ」

「えっ」

「怒らへんから」

「おっ、おう、まっ正道はみんなの期待背負ってんねんから、しっかりせえよ」

「わかった」

おれは笑った。

西山がかわちの背中を勢いをつけて叩いた。

「できるやないか」

「あんまりよくわからないです」

「はあ？　あー、そらそやな。自分の姿見えへんもんな。ここ、暗いし。鏡見なあかん。鏡、どこや？　鏡ー、持ってこーい！」

西山の粗暴な大声は、水の音と混ざって夜の空気に拡散していく。

「正道！　鏡ないか？」

「コンビニ」

「おお、頭ええな。さすが正道や。おれらとはちゃうわ。ほなコンビニや。コンビニ行くぞ」

というわけで、おれたちは橋を渡って、コンビニエンスストアに行った。

雑誌売り場の横の柱が全面鏡だった。

「あー、確かに。ぼくじゃないみたい。なんか、全然気分がちゃいますね」

元は赤だったのか臙脂(えんじ)色だったのかわからないよれよれのバンド名入りTシャツにカーゴパンツ、さらに足元もつま先が剝げたブーツに交換したかわちは、整った顔がかえってちぐはぐだったが、それでもわざとダメージ加工した服を着こなす俳優みたいな雰囲気もあった。

「せやろ？　そう思うやろ？」

細身のスーツを無理矢理着込んだ西山は、詐欺まがいの商品を売りつけにくるセールスマンみたいだったけど、機嫌はよかった。以前の西山なら、何でも似合ってしまうかわちに嫉妬して怒り出しそうなのに、心に余裕ができたのか、今は単に自分の思いつきがうまくいったから悦に入ってるのか。

レジにいる若い男の店員が、疑うような目つきでこちらを気にしている。うちの学生だったらどうしよう、とちらっと思う。

かわちは、のっぺりと明るく光る鏡で自分の横やうしろ姿も確認した。

「はい。なんか、心が軽いっていうか、いつもと違うことができそうです。西山さんも、こうしてみると、できる先輩って感じですね」

「おれはな、普段は隠してるだけやねん。親しみやすいようにな、あほを演じてるだけなんや」

「ぼく、なんにもわかってませんでした」

「今日からわかったらええ」

「やるやないか、西山」

「だれがタメ口きけ言うてん」

楽しそうにしている二人を、鏡越しにじっくり眺めた。洋服を取り替えただけで、こんなに違う人間みたいに見えるもんなのか、とおれは単純に感心した。

だが、新生かわちと新生西山のうしろに映っているおれは、いつものおれ。昨日とも一か月前とも去年とも同じおれ。おれでしかないおれだった。

西山は、飲み物コーナーから缶ビールを取ってきた。

「飲み直すか。女の子、探しに行こか」

「え、これからですか」

「おまえのために提案してんねんぞ」

夜中のコンビニは、甘ったるい声の知らないアイドルの歌が流れていた。

外へ出ると、ごみ箱の脇でヤンキーっぽい格好の女の子が二人座り込んでアイスを食べていた。彼女たちに睨まれながら、おれは、自分の自転車に跨がった。

「ほな、楽しんできて」

「正道は行かへんのか」

「実験戻らな。院生に代わりに見てもらってるから悪いし」

「そうか」

「がんばってくださいね」

よれよれのTシャツは、すでにかわちに似合っているように見えた。

「おお」

ペダルを踏み込みかけた。

「正道」

振り返ると、西山がまっすぐこっちを見つめていた。

「おれは、おまえが好きや」

「なんや、急に」

「せやから、自分の人生を歩いてほしい」

「そうやな」

歩いてないみたいな言い方するなよ、と頭に浮かんでしまうおれは、卑屈になってるんやろうか。

　自分がどこにいるか、おれがいちばん、わかってる。

「ほな、また」

「たまには、うちに飯食いに来いや」

「ありがとう」

「気をつけてくださいね」

　人も車も少なくなった広い通りを、自転車で走っていくのは、それでも心地よかった。


　夜の大学も、自分にとっては見慣れすぎて、少しの興奮も冒険心も湧いてこない。もちろん恐怖心も。

　古い校舎の一階、長い廊下をいちばん奥まで歩いた先にある研究室に戻ると、バイトを頼んだＭ２生の宝田くんは、パソコンの前でうとうとしていた。

「悪かったな。ありがとう」

　声をかけると、宝田くんは慌てて立ち上がり、

「あっ、だいじょうぶです！」

と、頓狂な声を出した。誰か時間ある人いるかと聞いたらすぐに応えてくれた宝田くんは、いつも最後まで残って片付けなどもしてくれる、要するに自分と似たタイプで、気候のいい連休の真ん中の夜中にこんな金属と機械しかない部屋に留めてしまったことを申し訳なく思った。

この夏も一度故障したエアコンが全力でがんばっている狭い研究室で、宝田くんから経過の報告を受ける。お礼に中沢の店から持ってきたミートローフとお菓子を渡してやると、子供みたいによろこんだ。

暗い廊下で宝田くんを見送ると、一人になった。

測定機を一通り確認し、さっきまで院生がいたパソコンの前に座ると、モニターには電子顕微鏡を通した金属の表面の画像があった。

金属は、ゆっくりと腐食していく。腐食するために、細心の注意を払って配置され、ひたすら観察される物体。いつかはどこかで大きな成果につながるのかもしれないが、おれが携わることができるのはほんの些細な現象、しかも膨大な実験の中のわずかな断片だ。

でも、これは、接続詞の前とうしろを入れ替えればいい。

おれが携わることができるのはほんの些細な現象、しかも膨大な実験の中のわずかな断片だが、いつかはどこかで大きな成果につながるのかもしれない。

すばらしい。皮肉じゃなくて、本当にそう思っている。

肉眼では見えない、説明してもなかなかわかってもらえない極小の世界になにかを見つけたい、という気持ちがなくならないから、おれは毎日この部屋にいる。

今年からとりあえず、一年契約の講師という身分にはなった。企業との協同プロジェクトのチーフになって多少報酬がもらえたが、便利に使われているということも、つくづく実感している。好きでやってるし、将来が厳しいこともわかってて研究続けるって決めたんやし、今どき大企業に勤めたからって将来が保証されるわけでもないしな、とそんなことは、何度も思いすぎて自分がほんとうにそう考えているのか、もっと言うと今の状態が不満なのかそうでもないのかも、よくわからなくなってきた。

いくつかのメールに返信もして、立ち上がって背伸びした。夜を背景にした窓ガラスに浮かぶ自分と目が合った。コンビニの鏡に映っていた、西山とかわちの姿を思い出す。

おれも、服替えてもらったらよかったかな。どっちがええやろ。スーツか、Tシャツか。ああそうや、中沢の黒い前掛けみたいなやつがええかもな。「イケメン店主」って呼ばれようか。

窓を開けて、隣の校舎を見上げると、まだいくつか白く光っているところがある。ほかにもおるんや、何人も、とおれはなぐさめられたような気持ちになった。植え込みから、虫の鳴く声が聞こえてきた。軽やかでちょっとさびしい感じで、昨日ともその前とも同じはずなのに、随分と久しぶりにその声に囲まれている気がした。死にそうに暑い京都の夏も、ようやく終わる。暑さ寒さも彼岸まで、という言葉は、まだかろうじて通用する。

ふと、植え込みに向けていた視線を上げると、動くものが目に入った。隣の校舎の中庭を、横切ってくる誰か。

誰かは、こっちに向かって手を振った。

野々宮キカ、とわかったのと同時に、

「あー、発見！」

彼女の場違いに楽しげな声が校内の暗闇に響いた。

彼女はまっすぐ、おれがいる窓へと歩いてきた。

「先に帰るねんもん。ずるいわ」

「なにが」

とおれは言いかけたが、彼女はそれはまったく無視して、エアコンの室外機を踏み台にして窓によじのぼってきた。

「ちょっと……」

ショートパンツから伸びた白くて長い脚が、窓枠を乗り越えた。

「こんばんは」

ヒールの高いサンダルなのにまったく不安定になることもなく、スチールの棚、床へと降りた。

幽霊って、もしかしたらこんなふうに現れるのかも、とおれの脳裏には、テレビから女が這い出てくるホラー映画の一場面が浮かんだ。

「さっきも会うたやん」

三歩壁際に後退し、おれは言った。

彼女は、まったく気にすることなく、にっこり笑った。

「つれないなあ、まーくんは」

半年前、この三回生は四月にこの研究室にはじめて現れた。おれは全然知らなかったが目立つ存在らしく、他の専攻のやつらも彼女を見に来たり、学科紹介のサイトに載せるからと写真を撮りに来たやつもいた。

親しく話した覚えも、他の学生と違う扱いをしたこともないのに、なぜかおれにばかり話しかけ、勝手にまーくんと呼ぶ。

彼女は、迷わず部屋の中でいちばんいい背もたれつきの椅子に座った。

「わたしが来てうれしい？　こういうの、なんていうの？　掃きだめに鶴？」

この子は、ずっとこんな調子で今まで生きてきたんやろうな、と思う。周りの人は、さぞかしめんどくさかったに違いない。

おれはわざとらしく、測定機に向かう。

「この実験、今微妙なとこなんやわ」

帰ってほしくて言ったが、彼女は、

「静かにしてます」

と言って、椅子に座ったままキャスターを滑らせて隅に移動した。そして確かにおとなしく黙っていた。しばらくは。

おれは、測定機やモニターを確認し、データの処理をし、とにかく彼女を見ないようにしていた。

十五分ぐらいが限界だったのか、彼女は椅子のキャスターをごろごろ動かし始めた。

「さっきの、地味なワンピースの女の人って、中沢さんの元カノなんやろ」

おれは振り向かない。

「ああ」

だから、彼女がどういう顔でしゃべっているのかわからない。

「腐れ縁ってああいう関係のことかな」

おれは、手を止めた。

「あんまり、自分じゃない人のことといろいろ言わんほうがええで」

ちらっと見ると、彼女は、気に障ったということを、とても素直に表情に出していた。

上目遣いにこっちをじっと見たあと、にやっと唇の端を上げた。

「まーくんも、彼女に長いこと会うてへんのやね」

「誰に聞いた？」

「ええやん、そんなん誰でも」

自分が有利になったと思ったのか、彼女は立ち上がって、ゆったりと部屋の中を歩き始めた。

「その人、どこにいてるの」

「シンガポール」

「学校？　仕事？」

「仕事」

「そんな好きなん？」

「どうやろ。もうそんなんじゃないかも。ときどき、あー、シンガポールにおるんやな、って思うだけ」

モニターには、規則正しく計測された数字が現れてくる。人間の指が片手に六本ずつあったら数字は十二種類あったのかな、と子供のころ考えていたことを急に思い出した。

　今おれの合計十本の指は、それ自身の意志で動いているかのようにキーボードを叩き続けている。

「いいなー」

　おれの正面に回って、彼女が言った。

「だって、わたしのことはそんなふうに思い出さへんやろ」

　自分のことを特別扱いしないのが気に入らへんのやろか。わからないし、おれが今考えたいのは、目の前の機械が刻んでいく数字の意味だ。

　返事をしないでいると、彼女は退屈をアピールするかのように、壁のカレンダーをめくったり機械のメーターを覗いたりしていた。いちおうの知識はあるはずなので妙なところを触らないだけましだ、と思うことにした。

　五分ほどすると、また唐突に彼女は言った。

「わたしの名前、喜びの歌って書くんやん」

　それは、最初の授業で名簿を見たときから知っている。

「ええ名前やな」

　初めて見たときから思っていたので、それは素直に答えた。

　彼女の顔が、ぱっと明るくなった。

「ほんま？　漢字やったらおばあちゃんぽくない？」

「そういうたらそうか」

「でも、まーくんに褒められたからええわ」

彼女は機嫌がよくなったのか、小さな声でなにかを歌っていた。まだうまくしゃべれないセキセイインコがぶつぶつ言ってるみたいだった。歌のようなものは、二分ぐらいで終わった。

「遊びに行こうよー」

「今から？　無理無理」

「あとで後悔しても知らんよ」

「中沢は？　もう店閉めたん？」

「とっくに」

彼女は、机の端に肘をついて、意味ありげな視線を向けてきた。

「あのベンツ、燃えてんで」

「えっ？　燃えた？　なんで？」

「さあ。見たら、燃えてた」

自分だけが知っていることを小出しにして、また優位に立とうとする。おれは、キーボードから手を離さなかった。

「中沢はだいじょうぶなんか」

「車から離れてたし」

そうじゃなくて、心の問題。中沢の。まあ、怪我してないんやったらええけど。

「まーくん、それ、いつまでやるの？」

「あと五日ぐらいいちゃう」

二つめの測定機のデータを画面に表示する。

「あれ？」

桁（けた）の違う数字が並んでいるところがある。明らかに、おかしい。頭の奥を冷たい空気が流れたみたいに感じた。もしかして。慌ててメーターを確かめに立つ。七十五時間分が無駄になってしまう。

「なんや、これ。まじかー」

宝田くんが、途中で設定を変えてしまったのかもしれない。おれの説明が悪かったのか。

行ったり来たりしてデータを照合するが、修復しようがないことは、とっくに明らかだった。

「……わたし、帰るわ」

つまらなそうにしていた彼女が、言った。おれはその相手をする余裕もない。

「気ぃつけて」

「こんな時間に女の子一人で歩かすの？」

「タクシー呼んだるわ」

「自転車でええから乗せてってよ」

彼女は、薄くて形のいい唇を尖(とが)らせて、おれを見ている。慣れてるんやろうな、と感じる。こういう顔をすれば、きっと彼女の周りの人たちはかまってくれる。自分はなにをしてもいい、なんでもできるって、思っている。

ぴーぴー、と測定機のアラームが鳴る。パソコンのモニターにはエラーの表示が出ている。

「状況、見てわからへんのか。誰か、呼んだらええやん。来るやつようさんいてるんやろ」

思ったよりも、嫌味な声になった。いや、いつもこんなもんかもしれん。

ぴーぴー。アラームはまだ鳴っている。

彼女から、すっと表情が消えた。しばらく、顔も体もどこも動かさないままおれを見つめた。それから、立ち上がってドアに向かった。

「言う通りに、誰か呼ぶわ」

背中を向けたままの彼女の声が響いた。

ちょっと待って、と言いかけたが、勢いよくドアが閉まって、おれはそれを飲み込んだ。

彼女が電話に向かって話す声が聞こえた。

なかなか最悪やな。十歳以上年下の、しかも自分の研究室の学生に、感情的になって。

アラームはようやくやんで、ぶううん、と古いエアコンが動き出した。おれはその前に立ち、モニターに表示されるグラフの線を追う。

一からやり直しか。

やり直したら。それでもなんとか、来週中には終わるか。

おれは深く息をついた。

隣の部屋につながるドアを開けた。電灯をつけると、天井いっぱいまでの本棚に詰まった文献と机の上に積み重なったファイルがおれを迎えてくれた。

部屋の隅のミニキッチンで、やかんに水をいれ、コンロに載せた。おれの動作がたてる音と、規則正しく動き続ける機械たちの音だけが、部屋に漂う。

空間に対して大きすぎる掛け時計を見上げると、もう三時を過ぎていた。お湯が沸いたのが音でわかった。何年使っているのかわからない、どこかの景品のスヌーピー柄マグカップをシンクの縁に置いた。インスタントコーヒーの粉を入れたら、カップごと落ちた。

カップは割れなかったが、焦げ茶色の粉が床に飛び散った。

「あー、なんやねん」

自分の声が、自分の耳に聞こえた。片付けようとしたけど、しゃがんだらそのまま動きたくなくなるような気がした。

花火みたいな見事な模様を描いている粉から、香ばしいにおいが立ち上ってきた。おれは、しばらくのあいだ床を見つめていた。

それから、スマートフォンを手に取った。

中沢の店は暗かったが、シャッターは降りていなかった。

自転車を降り、大きなガラスに顔をくっつけて覗くと、カウンターの奥のほうから明かりが漏れ、もぞもぞと動いている影が見えた。

ドアをそっと押してみると、開いた。

おれは、そのまま気配を消してカウンターに近づいた。しゃっしゃっしゃっしゃっ、と擦る音が聞こえる。

「中沢」

声に出した途端、なにかがぶつかって落ちる、金属質の派手な音が響き渡った。

「びっくりしたあ」

厨房(ちゅうぼう)から出て顔を出した中沢は、そんなに疲れているようでも落ち込んでいるようでもなかった。

「掃除してた」

「さびしいな。そんな姿見たら泣いてまうやないか」

「いや、とりあえずなんか動いてるほうがええから」

中沢は、手を洗ってカウンターの外に出てきた。カウンターには、洗ったグラスや皿がきちんと伏せられて真っ白い布巾が掛けられていた。

「中沢の好きな炭酸、いっぱい買うて来たったで」

おれは、コンビニの袋を持ち上げて見せた。

「飲みもんも酒も、ようさんあるのに」

「おれの好きな発泡酒も、中沢の好きな甘い炭酸も、ここにはないやろ」

「いちおう高級志向やからな」

中沢は、やっと笑った。

古くて座り心地の悪いソファに座って、テーブルに飲み物を並べた。正確には発泡酒と新ジャンルというやつで名前に「秋」とついているのばかり、四種類買ってきた。「秋味」「秋楽」「秋宵」「富良野の秋」。中沢には、コーラとサイダーとオレンジ味と乳酸味の新商品。たっぷりのクリームを見ただけで胸焼けしそうなロールケーキとモンブランも。


おれは紅葉のイラストの入った缶を開けた。

「ベンツ燃えたんやって？」

中沢は、乳酸味の新商品を取った。

「あの形、ずっとええなと思ってたんやけど、一瞬だけやったわ」

「なんぼしたん？」

「お金持ちの人の倉庫に置きっぱなしになってたやつやから、中古の軽自動車並みかな」

「せっかく倉庫から出てきたのにな」

「とりあえず、朝まで動かされへん。めんどくさいのはこれからやな」

「燃えてまうんやったら、さっき乗せてもろといたらよかったわ」

「そうやで。おまえ、明らかにおれのこと、あほやな、って目で見とったやろ」

「ばれた？」

そう言うと、中沢は、はははーと他人事みたいに笑って、ペットボトルのぼんやりと白い中身を喉に流し込んだ。

「実際あほやからしゃーないわ」

「ようわかってるやん」

「ふられたしな」

「え、そうなん？」

「これでよかった気もする」

「秋」と名のつく飲み物は、まあまあおいしかったけど、どのへんが秋なのかはわからなかった。

「そうか。まあ、あほも悪くないで」

中沢は、早くも次にどれを開けようか、ペットボトルを見比べだした。

ぎゅぎゅぎゅぎゅぎゅぎゅーっ、と明らかに普通じゃない大きな音がした。同時に強い光が、窓ガラス越しに一瞬、店の奥まで貫いていった。そして、ぼんっというものすごい音と衝撃が、築六十年の木造家屋を揺らした。

ドアは開いたままで止まり、ガラスが割れて飛び散っている。その向こうに、さっきまではなかった白い塊がある。白い鉄の塊。

おれも中沢も、すぐには立ち上がれなかった。それぞれ発泡酒の缶とサイダーのペットボトルを握りしめたまま、ただそこを見ていた。

白い塊から、男が降りてきた。見覚えがあった。何時間か前に、ベンツに乗ってきたあのおっさんだ。

「中沢くん、ごめん」

おっさんは、店に入ってきた。

「落ち込んでたから、新しい車届けようと思たんやけど」

おっさんは、照れたように頭を掻いていて、その仕草と背後の光景はまったくそぐわなかった。

「そんな、気ぃ遣わんといてください」

中沢は、思い出したようにやっと立ち上がり、おっさんに近づいた。

「だいじょうぶですか、木村さん」

「わしはなんともない。悪いなあ、店、どないしよ。あ、もちろん全額弁償するよって」

中沢と木村さんは、表に出て、破壊された店の入り口と機能を失った車を検分し始めた。

「とりあえず、朝にならんとどないもなりませんねえ」

「腕鈍ったんかなあ、わし」

「とにかく、あっちもこっちも朝になったら考えましょう」

おれは、秋の味の缶を持ったまま、表に向かった。夢の中を歩いているみたいな、ぼんやりした感じだった。

　サンダルでガラスを踏むと、薄い氷みたいに割れた。ドアのところまでくると、斜向かいの二階からこっちを覗いているおじいちゃんと目が合った。

　今度の車は、白くて丸っこい、国産の小さい車だった。店の入り口脇の電柱につっこんで止まったようだったが、頑丈なのかバンパーがへこんでいる程度だった。

「電柱、曲がってる？」

「いやー、どうでしょう」

　中沢と木村さんは、道にしゃがみ込んでのんきな声で話していた。

　なんとなく見上げると、屋根と屋根との間に見える空が、暗闇じゃなくなっていた。ほんの少しだけど全体に青色がかっていた。光の色。

　夜は終わっていた。

　今日はもう終わったんやな。

　そうじゃなくて、とっくに次の今日がはじまってたんか。

　おれの足の下で、粉々になったガラスが、輝いていた。結晶化していないから光をはね返さずに通す透明なガラス。その無数の断面に、店の照明と街灯と、それからわずかにきっと混じっている太陽の光とが、乱反射していた。

とても、きれいだった。

行定監督が紙上映画化

短編小説

鴨川晴れ待ち

行定勲

見上げた空には忌(い)まわしい色をした雲のかたまりが鎮座していた。ディレクターズチェアに浅く腰かけ、ふんぞりかえったおれは不自然な角度に頭を傾(かし)げていたからか首が痛い。

撮影はさっきまで好調だった。朝から雲はわいていたが、天気予報では一日晴れ予報だったので何の疑いもなく晴れの光で撮影していた。数カット撮ったところで太陽にその雲のかたまりが纏(まと)わりはじめた。撮影部をはじめとするスタッフ全員が空を見上げている。大勢で天を仰ぐ集団は、端から見ると異様にみえたにちがいない。

一ヶ月前、プロデューサーの古賀さんから「監督を探してるんだけど」という電話があった。古賀さんが映画『きょうのできごと』の続編を企画しているのは知っていたが、まさかおれにその続編の監督のお鉢が回ってくるなんて思ってもいなかった。おれがまだ自主映画を撮っていた頃、山形の映画祭で古賀さんと知り合った。審査員をしていた彼がおれの映画を気に入り、推してくれたおかげで準グランプリを受賞した。古賀さんはおれにとってげんのいい男である。

「行定が上海で撮影してる映画がトラブってててさ、スケジュールがぐちゃぐちゃになってるみたいなんだよね……このままじゃ終わらないって言ってんのよ。延期しろって言われても、こっちはこっちでもう役者のスケジュール押さえちゃってるからさ……。で、きみのことを思い出してね。確か『きょうのできごと』に影響受けたとか言ってなかった？」

古賀さんはおれのついた嘘を信じていた。行定勲監督の『きょうのできごと』は、何も起こらなくても日常は豊かなのだということを実証している映画だと巷では言われているようだが、本当にそうか？　小津安二郎や成瀬巳喜男が描いたような日常性をねらっているなんて行定監督がインタビューで発言しているのを読んだことがあるけど、嘘だろと思った。あえてつまらない一日をモチーフに映画にするとしても、そこには映画的な特別な時間が流れてなくちゃいけないんじゃないか。大げさにいえば、セックスや暴力などの要素が普通にあるような日常でもいい。そういう映画的な飛躍があの監督の映画には足りない。もっと、社会を見据えて、主人公たちの肉体を昇華させるような映画を描くべきだ。燃え尽きてもなお、燻り続けている火種みたいなものを感じる映画こそが真の傑作として映画史に残るのだ。おれだったらあの小説に描かれた人と人との軋轢をもっとビビッドに描き、衝撃的な日常に飛躍させられると思っていた。おれは悩むことなく古賀さんに答えた。

「おれ、あの映画がなかったら、映画監督にならなかったと思うんすよ。おれは、あの映画に救われたんです」

また嘘をついた。その数日後、あっさりとおれは監督として迎えられた。そうやってチャンスをつかんだおれは、リドリー・スコットの『エイリアン』の続編を撮ったジェームズ・キャメロンみたいに独自の手法で前作を凌駕してやると密かに野心を燃やしていた。

ベースのモニターの前でおれは台本のページを捲り、いま撮影している場面のシナリオに目を通した。

6　鴨川の岸辺

真紀とけいとは河原の縁に並んで座っているカップルたちに目をやる。

その距離感は見事な等間隔。

小さく笑う真紀。

真紀「相変わらずやね、この距離感」

けいと「ほんま変わらんなあ」
真紀「京都は二年ぶりぐらいかな」
けいと「真紀ちゃんはどうなん？　中沢と会うてるんやろ」
　真紀はわざとらしい感じで首を傾げ、視線を逸らす。
真紀「うーん、たまーにやで。今日のパーティーのことは、先に正道くんから聞いて」
けいと「あー、正道くん！　今日来るんやんな。会いたいわ。元気かな」
真紀「なんか、人生に疲れてはるわ」
けいと「そうなん？」
　笑う真紀。けいとも笑う。
真紀「……中沢くんは、よう分からんわ」
　ベンチから立ち上がり、向こう岸へと連なる亀の形をした飛び石を渡り始めるけいと。
真紀「気ぃつけて」
　けいとは笑い声をあげながらぴょんぴょんと石と石を飛び向こう岸にむかう。
けいと「バウムクーヘン、食べよーや！」
真紀「バウムクーヘン？」

けいと「うん、中沢へのお土産に買うてきたやつ！」
真紀「渡さんでええの？」
けいと「考えてみたら中沢やで？　ええねん！」
　けいと、大きな石の上に着地し、いたずらな顔で振り返る。
真紀「あっ、けいと、うしろ」
　向こう岸で三歳ほどの男の子が川の中に入ろうとしている。
けいと「あー、危ないでぇ」
　慌てて飛び石を渡るけいと。
真紀「あっ！」
　けいとが川の中で尻もちをついている。
　男の子は驚いて後退り、けいとを見ている。
けいと「びしょびしょや」
　真紀、笑ってしまう。けいとも笑う。

　ここは、できれば晴れで撮りたかった。この映画は〝夜の映画〟になるので、全体の十分の一くらいしかない昼の場面は晴れの方がコントラストが効く。しかし、予算の少ない映画の監督には、そんな悠長なことを言う権利なんて与えられない現実が、常に突きつけられている。

さっきまでは爽やかだった風がいまは生ぬるく感じられた。不安になって再び空を見上げるが、相変わらず雲が動いた気配はなかった。

大股で歩いてきた年上のチーフ助監督がおれの前に膝をつき、体を折り曲げてスマートフォンのウェザーニュースの雨雲レーダーを見せながら言った。

「見てください。不思議なことにまったく雨雲は映ってないんですよ。しばらく待てば晴れてくると思うんで、このまま待たせてください」

自信満々な口振りで有無を言わせない態度がおれの気に障った。

「わかりました。田中さんと伊藤さんにはしばらく待ちだと説明しといてくださいよ」

「もう伝わってます」

年上の助監督は薄ら笑いで言った。

おれはディレクターズチェアから腰を上げると、撮影現場の煩わしさから逃れたくて、けいとが渡るはずの飛び石を渡って対岸へと向かった。飛び石を跳ねるおれのうしろから、誰かがついてくる気配を感じた。

「監督、転びますよ」

声をかけてきたのは衣裳部の山田香織だった。

「みんなが見てるだろ」

おれは撮影現場の目を気にしながら言った。

「堂々としてれば大丈夫だよ」

香織とおれは自主映画のときからの付き合いだった。もう六年になる。香織が空を見上げて言った。

「晴れじゃなきゃダメなの？」

「そうじゃないけど、朝からの3カット撮り直すのと、このまま晴れ待ちするのとどっちが早いかって話だろ」

面倒くさそうに答えると、「そっか。どっちでもいいんだ……」と香織はつぶやいた。

もう、いい加減別れた方がいいってことは分かっていた。香織だって同じことを思っているに違いない。おれの目に映るカップルたちは午後の川辺に幸福そうに肩を並べていた。自分たちが不幸せに見えるのが嫌で、おれは矢継ぎ早に空虚な言葉をただ並べていった。うつむき加減の香織はどんな顔をして聞いていたのだろう。おればかりが喋り続け、やがてくたびれた。沈黙が続き、おれは胸のポケットに忍ばせておいたタバコを取り出した。けっしてタバコが好きなわけではなかった。手持ち無沙汰の小道具でしかなかった。下手な俳優がタバコを手に持ちたがる訳がわかる。一本取り出すとくわえ、火をつけた。

「妊娠したらどうする？」

唐突な香織の問いに動揺したおれは、吸い込んだ煙が変なところに入りむせてしまった。

「ユウちゃん、困る？」

「……したのか？」

狼狽を隠せなかった。そんなおれを尻目に香織は言った。

「たとえばのはなし。ごめん、びっくりした？」

内心、ほっとした。気持ちをはぐらかすようにおれは続けて言った。

「おれ、子供好きだよ……。香織の子供だったら可愛いだろうな」

また心にもないことを口走ってしまった。

「そうかな？」

香織はようやく、少しだけ笑みを浮かべた。その時、「すみません、ライター貸してもらえませんか？」と背後から女の声が聞こえた。いつからそこにいたのか、気配すら感じていなかったから驚いた。エスニックな柄の綿のマキシスカートにサンダル、タイトな革ジャンをはおり、小さめのリュックを肩に引っ掛けた痩せた女だった。おれはその顔をまともに見ることもなく、使い捨てライターを渡した。

「どんなだろうね？」

香織は未来予想図の続きを語りだす。

「男の子がいいな。可愛いのかな？　男の子って」

もやっと空気が歪(ゆが)んだ。いっそ、知らねえよとぶちまけたかったが「どうだろね」などと心にもない相槌をうつ自分に嫌気がさした。

「あの、すいません」

ふたたび女が声をかけてきた。

「せっかく貸してもらったんやけど、つかないんですライター」

「あれ、おかしいな」

その時、初めて女の顔を見た。一見地味だが芯の強そうな綺麗な顔立ちをしていた。

「そっちからもらっていい？」

女はそう言うと返事も聞かずに、おれの咥えていたタバコに自分のタバコの先端をくっ付けてきた。魔術にかかったようにおれは数秒の間、石になった。火を移しとると同時に魂を抜かれていくようだった。タバコに火がつくと女は、呆然としているおれにライターを返し、「ありがとう」とだけ言って歩き去っていった。おれは掌に戻ってきたライターを見つめていた。

「ねぇ、男の子ってさ……」

香織は話を続けてきた。おれは、こっそりとライターをつけてみると火は何の躊躇いもなくついた。

「ごめん、俺ちょっとトイレ」

「大事な話してるといつもトイレだよ」

「ごめん、すぐ戻るから」

おれは香織をその場に残し、早歩きで女を追った。


女は出町橋の下あたりに佇みタバコを吸っていた。ウッディ・アレンの恋愛映画の一場面のように絵になっていた。さりげなく横に並んでタバコを取り出したおれの顔を、女は顔色ひとつ変えずに見た。女はかすれた声で言った。

「あ、さっきはどうも」

「いえ……あの、火を」

おれは女にそう言って笑った。

「ああ、そうやね。ライターつかへんかったんよね」

おれたちはもう一度、タバコとタバコの先端を接触させ、ほぼ同時に吸いあった。おれから移った火がふたたび戻ってきたとき、おれの心にも火がついた。

「ひとりですか?」と聞くと女はただ「はい」とだけ答えた。その女の横顔を見て息を呑んだ。

「実は、あなたが印象的で思わず追いかけて来てしまったんです」

静かに女の口から吐き出された煙は風に翻弄され、スローモーションで宙空に散って消えた。まるでサイレント期の映画女優のように美しく見えた。

「ドラマの撮影ですか？」

女は撮影隊の方を見やって言った。

「はい。映画ですけどね」

「そうなんや……」

「じつは僕、監督なんです」

おれはできるだけ謙虚さを意識して言った。

「そうなんですか？　もしかして、有名な監督さんやったりして」

「いえいえ、まだまだ駆け出しなんです」

そう言いながらあえておれは女から目線を外した。その瞬間、魚をついばんでいたシロサギが川面から飛び立った。

「今、見ました？　魚咥えてましたよね？」

興奮して言うおれを見て女はくすっと笑った。シロサギが飛んで行った先の空には忌まわしい雲がさっきよりも色を濃くして停滞していた。

「天気待ちしてるんです」

「てんきまち？」

「晴れ間を待っているんです。晴れの光にこだわっていて。その光を追い求めているんです」

「光を？」

「はい。光なんてどこにでもあるものだと思うんですよ。でも、その中にも特別な光があるんです。それを手に入れたい」

「曇ってたらあかんの？」

「だめです。晴れじゃなきゃ。このこだわりが無自覚に映画を見ている観客の記憶になぜか残る。そんなことを信じているんです。馬鹿ですよね」

「素敵やと思いますよ。今度から映画を見る目、かわりそう」

むくむくと膨れ上がる虚栄心を見抜かれないように顔を逸らしておれは言う。

「でも、なかなか晴れそうにない……。しかし、そのおかげであなたに出会えた」

おれは向き直って女をじっと見た。相変わらず顔色も変えずに川の流れを見ながらタバコを吸っている。女のうなじに零(こぼ)れた後(おく)れ毛が色気を放っていた。おもむろに女は口を開いた。

「……このままじゃ、雨降りますよ」

「まさか」

　おれは振り返った女の顔を見て言った。女は周りを見回し、おれに近づいてきて顔を寄せた。香ったことのない匂いが鼻腔(びこう)をくすぐった。そして、秘密を告げるように女は言った。

「わたし、雲動かせるんよ」

　闇の奥底から聞こえてきたかと思うほどの囁(ささや)き声が内耳に響き、おれの三半規管を揺り動かした。

「本当に?」

　おれは半分疑いながら聞いた。

「ほんまよ……。先祖代々、受け継いできた技を持ってんの。お見せしましょか?」

　女は少しだけ微笑み、持っていたタバコをおれに手渡すと一メートルほど離れた。目を閉じ精神を鎮めるように息を静かに吸い込むと力強く踏ん張って、さっと両手を太陽にかざした。その瞬間、風が止まった気がした。「はぁーっ」女は気合を入れ、次の瞬間「ふん!」と天に向かって念を放った。

　止まっていた風が流れた。呆気(あっけ)にとられたおれは、慌てて空を見上げたが太陽は隠れたままだ。女は間をあけることなく、技の手順をくり返し、動かぬ雲にむかって念を放った。女がその行為を真面目にやっているのか、洒落(しゃれ)でやっているのか、真意はなって言った。

「なかなか手強い雲やな」

　女は雲を睨みつけ、苛立ちを隠せない顔でつぶやいた。おれは女のことが気の毒に

わからなかった。

「もう大丈夫です」

　女は動きを止めた。

「雨、降ってきてしまいますよ」

「大丈夫。もう雨が降っても構わないんです」

「でも撮影が」

「もう、今日は撮影をしたくないんだ。したくない……」

「いいの？」

「うん。映画を撮ることで大事なのはおれの気分だから」

　ジャン＝リュック・ゴダールの言葉をおれは口にした。

「それより……きみは彼氏がいるの？」

「……おれへんけど」

「じゃあ、今日このあとは？」

「帰るだけやけど」

「じゃあ、飲みに行きませんか?」

「え?」

「だって、雨降るんでしょ。雨が降ったら撮影は中止だ」

「でも、さっきのひと、彼女じゃないの?」

すっかり香織のことを忘れていた。しかし、おれの心は止められなかった。

「実は別れ話をしてたんです」

「そうなんや。じゃあ、邪魔しちゃったんやね。ごめんなさい」

「いやむしろ、よかったんです。グダグダになりそうなところをあなたに助けられた。一度、リセットできたんでこれから戻って畳みかけるつもりです」

少しだけ背を向けた女のうなじを見ながらおれは言った。

「この辺りで美味しい店とかあるのかな?」

「ありますよ。出町柳の駅の先に〝十兵衛〟っていう和食屋さん。監督さん、お酒は?」

「飲みます」

「そこ焼酎が豊富やし」

「いいですね。このあとそこに行きません?」

「でも、別れ話の続きがあるんでしょ?」

「大丈夫。すぐに片付けてきますから」

眉間に皺をよせ、しばらく黙ってから女は言った。

「……今日はやめときましょか？」

「だめかな……やっぱり」

「そやね……。今日はやめときましょ」

女は、おれの指に挟まれた短くなった自分のタバコを取ってくわえると、「じゃあ」と言って、踵を返しおれの前から去っていった。妖しい女の後ろ姿に名残惜しさを感じながら、おれも踵を返した。

川辺にしゃがんでいた香織はおもむろに振り返り、タバコをくわえたおれを見て口を開いた。

「……ライター、ついたの？」

「そうなんだよ。さっきの女、やっぱおかしい奴だったんだよ。つかないなんて嘘ついてな」

ふたたびうつむく香織に、「で、子供の話だっけ？」とおれはまた心にもないことを言った。

「その話はもういい……」

香織の声が震えているように感じた。香織は石を拾って川に投げた。波紋がゆっくりと力なく消えていった。次の瞬間、今度は無数の波紋が川面（かわも）に広がった。

「雨？」

香織が空を見上げて言った。雨は本当に降ってきた。あの女は嘘つきじゃなかった。

向こう岸から年上の助監督が叫ぶ。

「監督！　この雨、けっこう降るみたいです！」

スタッフは大慌てで機材を担（かつ）ぎ河川敷から避難していく。「ユウちゃん、行こう」香織は向こう岸に向かって飛び石を渡り始める。そのあとをついて渡りながらおれは言った。

「なんか腹減らないか、飯食って行く？　出町柳の駅の先に〝十兵衛〟っていう美味しい店があるらしいんだよ。そこ行ってみる？」

「……どうせ時間ないんでしょ」

岸にたどり着いた香織はふり返りもせず言った。

「そうだな。ホテルに帰って絵コンテ書かないとな」

「だよね……じゃあ、いいよ」

ふり返った香織は哀しみ混じりの声でそう言って、おれの顔を真っ直ぐに見た。頬を伝っているのは涙の粒なのか、雨の雫（しずく）なのかはおれにはわからなかった。香織の手はなぜかお腹に添えられていた。それを見ておれはふたたび石のように固まってしまった。雨に打たれながら、おれは目の前にいる香織の顔を見た。香織は何も言わない。

おれは言った。

「よし、〝十兵衛〟に行こう」

解説にかえて

行定勲

日常に流れている刹那的な時間の豊かさと尊さ。柴崎友香の処女作『きょうのできごと』にそれを感じ、わたしは映画にさせてもらった。普通ならば省略してしまう誰にでも起こりそうなできごとを映画にすることで、自分たちの日々の暮らしはけっしてつまらないものではないと思えるような作品にしたかった。

公開されて十数年の間に、『きょうのできごと』を観て映画を志したという何人もの若い映画人と出会った。その中でも、台湾の俊英監督においては、「学生の頃に観て、あの映画に救われました。感謝してます」と作り手冥利に尽きる言葉をもらった。そんな言葉を糧にしてわたしは映画を撮り続けている。十年経ってもなお、ひとつの映画で描かれた一日が永遠になっていることに感動した。それによって、映画の主人公たちがどこかで今も生活している感覚に陥ったわたしは、その後の彼らに会ってみたいと思った。どこで暮らしているんだろうか？　どんな生活をしているんだろうか？　その消息を知っているのは柴崎友香さんだけだ。どうしても知りたくて彼らに会わせて欲しいと柴崎さんにお願いした。

けっして思い描いたような人生にはなっていなかった。三十代になった彼らの一日とそれぞれの人生の岐路が、『きょうのできごと、十年後』には書かれてあった。やはり、人生は面倒くさくて、いろいろあるもんだなとしみじみ思った。

わたしはそれを映画にしたいと思った。しかし、すぐに出来そうで、出来ないのが映画である。人生のように映画作りも面倒くさい。わたしはそのもどかしさを少しだけ解消するように、まず紙の上で映像化してみようと試みていたら、そこに別の「きょうのできごと」が生まれた。

「いろんなところで、いろんなことが起きてるんやな」

そして、人生はつづく。近いうちに映画『きょうのできごと、十年後』とスクリーンで再会できることを心待ちにして欲しいと思っている。


（映画監督）

＊本書は二〇一四年九月、小社より単行本として刊行されました。
初出／『文藝』二〇一三年冬号。三、四、五章は書き下ろし。
「鴨川晴れ待ち」書き下ろし。

きょうのできごと、十年後（じゅうねんご）

二〇一八年　八　月一〇日　初版印刷
二〇一八年　八　月二〇日　初版発行

著　者　柴崎友香（しばさきともか）

発行者　小野寺優
発行所　株式会社河出書房新社
〒一五一－〇〇五一
東京都渋谷区千駄ヶ谷二－三二－二
電話〇三－三四〇四－八六一一（編集）
〇三－三四〇四－一二〇一（営業）
http://www.kawade.co.jp/

ロゴ・表紙デザイン　粟津潔
本文フォーマット　佐々木暁
印刷・製本　中央精版印刷株式会社

Printed in Japan　ISBN978-4-309-41631-1

また会う日まで

柴崎友香　41041-8

好きなのになぜか会えない人がいる……ＯＬ有麻は二十五歳。あの修学旅行の夜、鳴海くんとの間に流れた特別な感情を、会って確かめたいと突然思いたつ。有麻のせつない一週間の休暇を描く話題作！

ショートカット

柴崎友香　40836-1

人を思う気持ちはいつだって距離を越える。離れた場所や時間でも、会いたいと思えば会える。遠く離れた距離で"ショートカット"する恋人たちが体験する日常の"奇跡"を描いた傑作。

フルタイムライフ

柴崎友香　40935-1

新人ＯＬ喜多川春子。なれない仕事に奮闘中の毎日。季節は移り、やがて周囲も変化し始める。昼休みに時々会う正吉が気になり出した春子の心にも、小さな変化が訪れて……新入社員の十ヶ月を描く傑作長篇。

青空感傷ツアー

柴崎友香　40766-1

超美人でゴーマンな女ともだちと、彼女に言いなりな私。大阪→トルコ→四国→石垣島。抱腹絶倒、やがてせつない女二人の感傷旅行の行方は？

映画「きょうのできごと」原作者の話題作。

次の町まで、きみはどんな歌をうたうの？

柴崎友香　40786-9

幻の初期作品が待望の文庫化！　大阪発東京行。友人カップルのドライブに男二人がむりやり便乗。四人それぞれの思いを乗せた旅の行方は？　切なく、歯痒い、心に残るロード・ラブ・ストーリー。

ビリジアン

柴崎友香　41464-5

突然空が黄色くなった十一歳の日、爆竹を鳴らし続ける十四歳の日……十歳から十九歳の日々を、自由に時を往き来しながら描く、不思議な魅力に満ちた、芥川賞作家の代表作。有栖川有栖氏、柴田元幸氏絶賛！

きょうのできごと　増補新版

柴崎友香　41624-3

京都で開かれた引っ越し飲み会。そこに集まり、出会いすれ違う、男女のせつない一夜。芥川賞作家の名作・増補新版。行定勲監督で映画化された本篇に、映画から生まれた番外篇を加えた魅惑の一冊！

寝ても覚めても　増補新版

柴崎友香　41618-2

消えた恋人に生き写しの男に出会い恋に落ちた朝子だが……運命の恋を描く野間文芸新人賞受賞作。芥川賞作家の代表長篇が濱口竜介監督・東出昌大主演で映画化。マンガとコラボした書き下ろし番外篇を増補。

窓の灯

青山七恵　40866-8

喫茶店で働く私の日課は、向かいの部屋の窓の中を覗くこと。そんな私はやがて夜の街を徘徊するようになり……。『ひとり日和』で芥川賞を受賞した著者のデビュー作／第四十二回文藝賞受賞作。書き下ろし短篇収録！

ひとり日和

青山七恵　41006-7

二十歳の知寿が居候することになったのは、七十一歳の吟子さんの家。奇妙な同居生活の中、知寿はキオスクで働き、恋をし、吟子さんの恋にあてられ、成長していく。選考委員絶賛の第百三十六回芥川賞受賞作！

やさしいため息

青山七恵　41078-4

四年ぶりに再会した弟が綴るのは、嘘と事実が入り交じった私の観察日記。ベストセラー『ひとり日和』で芥川賞を受賞した著者が描く、ＯＬのやさしい孤独。磯﨑憲一郎氏との特別対談収録。

ブラザー・サン　シスター・ムーン

恩田陸　41150-7

本と映画と音楽……それさえあれば幸せだった奇蹟のような時間。「大学」という特別な空間を初めて著者が描いた、青春小説決定版！　単行本未収録・本編のスピンオフ「糾える縄のごとく」＆特別対談収録。

そこのみにて光輝く

佐藤泰志　41073-9

にがさと痛みの彼方に生の輝きをみつめつづけながら生き急いだ作家・佐藤泰志がのこした唯一の長篇小説にして代表作。青春の夢と残酷を結晶させた伝説的名作が二十年をへて甦る。

きみの鳥はうたえる

佐藤泰志　41079-1

世界に押しつぶされないために真摯に生きる若者たちを描く青春小説の名作。新たな読者の支持によって復活した作家・佐藤泰志の本格的な文壇デビュー作であり、芥川賞の候補となった初期の代表作。

大きなハードルと小さなハードル

佐藤泰志　41084-5

生と精神の危機をひたむきに乗り越えようとする表題作はじめ八十年代に書き継がれた「秀雄もの」と呼ばれる私小説的連作を中心に編まれた没後の作品集。作家・佐藤泰志の核心と魅力をあざやかにしめす。

空に唄う

白岩玄　41157-6

通夜の最中、新米の坊主の前に現れた、死んだはずの女子大生。自分の目にしか見えない彼女を放っておけない彼は、寺での同居を提案する。だがやがて、彼女に心惹かれて……若き僧侶の成長を描く感動作。

ダウンタウン

小路幸也　41134-7

大人になるってことを、僕はこの喫茶店で学んだんだ……七十年代後半、高校生の僕と年上の女性ばかりが集う小さな喫茶店「ぶろっく」で繰り広げられた、「未来」という言葉が素直に信じられた時代の物語。

キシャツー

小路幸也　41302-0

うちらは、電車通学のことを、キシャツー、って言う。部活に通う夏休み、車窓から、海辺の真っ赤なテントにいる謎の男子を見つけて……微炭酸のようにじんわり染み渡る、それぞれの成長物語。